栄次郎江戸暦

浮世唄三味線侍

小杉健治

時代小説

二見時代小説文庫

目次

栄次郎江戸暦――浮世唄三味線侍

第一話　新内《しんない》流し

一

露地木戸を入ろうとしたとき、いきなり奥から男が飛び出して来た。矢内栄次郎《やないえいじろう》は経木《きょうぎ》の包を落とさないように体を開いて身をかわした。

つんのめって立ち止まった男が、

「すいません」

と、切羽《せっぱ》詰まったような声で言うや、そのまま山下のほうに走り去って行った。

すぐに、おまえさん、と叫んで女が走って来た。が、もう男の姿はかなたに小さくなっていた。女はおそのの母親のお新《しん》だった。

お新は追うのを諦めて立ちすくんでいる。すると、今度は幼い子が走って来て、泣きながらお新にしがみついた。
　おそのちゃんだ。この長屋にやって来たとき、何度かひとりで遊んでいたおそのを
あやしたことがある。目の大きな人懐《ひとなつ》っこい子だった。
「お新さん。宗助《そうすけ》さんはひとが変わっちゃったんだ」
　追って来た小肥りの婆さんが悔しそうに言い、
「おそのちゃん。寒いだろう。さあ、おうちに帰ろう」
と、おそのの手をとって、長屋に連れて帰った。何度か顔を合わせたことのあるお
熊《くま》婆さんだ。
　引き返してくると一縷《いちる》の望みを持っているかのように、お新はまだ男の去った方向
に目をやっている。
　顔を見たことがなかったのでわからなかったが、男はお新の亭主の宗助だったのだ。
　お新はそのときになってはじめて栄次郎に気づいて、軽く会釈をし、青ざめた顔を
伏せて引き返していった。
　改めて、栄次郎は長屋の露地に足を踏み入れた。
　ここは下谷車坂町《したやくるまざかちょう》の惣右衛門店《そうえもんだな》の長屋である。春蝶《しゅんちょう》が病気で臥《ふ》せっていると聞い
て見舞いにやって来たのだ。

着流しに二本差しだが、武士であるという気取りはどこにもない。細面だが、目は大きく、鼻筋が通って口も引き締まっている。気品が感じられるが、すらりとした体から醸《かも》し出される雰囲気がどこか役者のように感じられるのは、栄次郎のもうひとつの顔が芸人だからだろう。栄次郎は杵屋吉右衛門《きねやきちえもん》という長唄の師匠について三味線を弾《ひ》いている。

女が入って行った家の前に行くと、「仕立て承《うけたまわ》ります」と書いた小さな木札が風に揺れていた。その隣りの家の油障子に三味線の拙《つたな》い絵が描かれてあった。

「春蝶さん」

栄次郎は声をかけて腰高障子を開けて狭い土間に入った。二間続きの奥の部屋から咳き込む声が聞こえた。

「栄次郎さんじゃないか。どうしたんだえ」

破れ目のある襖が開いて、薄暗い中に春蝶が半身を起こしていた。

「春蝶さんが流しを休んでいると聞きましてね」

栄次郎の声はさわやかだ。

「わざわざ来てくだすったのですか。さあ、上がってください」

「失礼します」

差料を腰から抜いて、栄次郎は部屋に上がった。

隅に長持ちが置かれ、衣桁《いこう》に白地に格子縞の着物がかかっていた。壁に中棹《ちゅうざお》の三味線が二丁。

「春蝶さん。横になっていてください」

「いや、だいじょうぶだ。どうもこの寒さが堪《こた》えているのかもしれねえ」

春蝶はどてらを羽織った。痩せこけた顔がさらに窶《やつ》れ、眼窩《がんか》が窪んでいる。しかし、歳はとっても色気がある。さすが新内《しんない》語りの名人だと、栄次郎は感心する。

かつて男女間の道行《みちゆき》物や心中物を扱って、江戸に流行した豊後節《ぶんごぶし》というものがあった。この豊後節が、その内容から好ましくないものとされて禁止された。その弟子たちによって常磐津《ときわず》節と新内節が生まれた。

この常磐津節が歌舞伎と手を結び、踊りの伴奏を主としたのに対して、踊りを意識しない新内節は花街に活動の場を求めた。

新内の特色は、臓腑を抉《えぐ》るような極度に感情を煽《あお》る節回しにある。

栄次郎が習っている長唄は唄い物というが、新内は語り物である。新内は唄うのではなく語るのであるが、花街に活動の場を求めたというのは、いわゆる門付《かどづ》けである。

今はふたり一組になって町を流して生活の糧《かて》を得ている。こういうことからも、新内は他の義太夫《ぎだゆう》や常磐津などの浄瑠璃に比べ、卑《いや》しい芸だと見下されてきた。

春蝶も弟子の音吉《おときち》とふたりで毎晩、町を流して歩いていたのだが、ここ数日、体を壊して流しを休んでいるのだ。

町を流すのは新内語りの修業でもあり、また生活の糧でもあった。

早く元気になって町に出られるようになってもらいたいと、栄次郎は持参した経木の包を差し出した。

「これで精をつけてください」

「おや、いい匂いだ。やっ、鰻《うなぎ》じゃないですか。ありがたい」

春蝶はうれしそうに顔をくちゃくちゃにした。鰻の蒲焼が大好物だと知っていた。

「栄次郎さん。今、火をおこします」

そう言ってから、春蝶は咳き込んだ。

「いや、春蝶さんは寝ていてください。私がやりますから」

栄次郎は火鉢をかきまわして熾火《おきび》を掻き出し、炭をくべた。

やがて、炭が赤くなり、かざした手がほんのり暖かくなった。

隣りから子どもの泣き声が聞こえた。

「おそのちゃんですね」

栄次郎はたちまちさっきの光景を思い出した。

「やっぱり、宗助さんが女房と子どもを捨てて出て行ってしまったようですね」

「何があったのでしょう」

「わかりません。他人には窺《うかが》い知れぬ事情があるのでしょう」

春蝶が辛《つら》そうな顔をした。

春蝶にも以前は妻子がいたと聞いたことがある。このひとも妻子を捨ててきたのではないかと、苦悩が深い皺《しわ》になったような春蝶の顔から目を逸《そ》らして、

「宗助さんは何をやっていたのですか」

栄次郎は気になってならない。いったん気になると、始末に負えなくなるのが栄次郎の玉に瑕《きず》だった。

「小間物の行商だ。人当たりもよく、いい客をつかんでいなすったようだった。いつか店を持つんだと懸命に働いていたんだ」

がたんと腰高障子の開く音がして、音吉が帰って来た。

「おや、栄次郎さん。いらしゃったんですか。師匠、ただいま帰りました」

中肉中背の音吉が、土間に入ってきた。

音吉は三十二歳の痩せぎすの男だ。顔は小さく、目も小さい。だが、鼻の穴と口が

大きい。不思議なことに、その部分は春蝶と似ていた。

「ご苦労さん」

春蝶がいたわり、

「どうだった？」

「いけません」

音吉が渋い顔で首を横に振ってから俯《うつむ》いた。

「音吉。正直に言うんだ。何を言われた？」

「へえ」

「へえ、じゃねえ。はっきり言ってくれ。向こうで何か言われたんだろう」

意を決したように、音吉が顔を上げた。

「土佐《とさ》太夫さんにこう言われました。手伝ってやりたいが、春蝶にはいっさい関わるなと、大師匠からのお達しが出ているんだ。かんべんしてくれと」

「土佐太夫までな」

春蝶は顔をしかめた。

「春蝶さん。どうかしたんですか」

栄次郎は気になった。

「流しの相方《あいかた》を頼みに行ったんだ」

春蝶は落ち込んだ声で、

「私が寝込んでしまって、流しに出られなくなった。いつまでも休んでいるわけにもいかず、昔の仲間のところに使いにやったんです」

春蝶は元は富士松《ふじまつ》春蝶と言った新内語りである。その破天荒な性格が災いして師匠から破門されて、今は富士松の名も使えず、また新内語りの活動の場である吉原から締め出され、他の盛り場を流して生活している男だった。

音吉も富士松一門にいたが、春蝶が破門されたときに、春蝶についていった変わり者だった。

「仕方ねえ。なんとか俺が行こう」

春蝶が立ち上がろうとしてよろめいた。

「師匠。無理です。そんな体で、やめてください」

音吉が驚いて引き止めた。

「なあに、起きてしまえばこっちのものさ」

「いけません。またぶり返してしまいますよ」

栄次郎も引き止めた。

「三日も休んでしまっているんだ。いや、金のことだけじゃない、芸がなまってしまう。いや、俺はいい。音吉のためにも……」

「師匠。体を壊してしまっては元も子もありません」

音吉が必死になだめた。

「私じゃ役に立ちませんか」

栄次郎は無意識のうちに言った。

「えっ」

春蝶と音吉が目を見開いている。

「栄次郎さん。今、なんと」

音吉が訝《いぶか》しげにきいた。

「私が代わりに出ましょうと申し上げました。もっとも、私が春蝶さんから習ったのは、前弾きと『明烏夢泡雪《あけがらすゆめのあわゆき》』と『蘭蝶《らんちょう》』のクドキの部分だけですが。そのうち、弥次喜多の『赤坂並木の段』を教わりたいと思っていたのですが」

クドキとは心情をかきくどく部分で、聞きどころとされている。

栄次郎は、ぽかんとしているふたりの顔を交互に見て、

「いけませんか。やはり、しろうとが口出し出来るものじゃありませんね」

初めて吉原の座敷で、春蝶が語るのを聞いたときの衝撃は、今も忘れられない。

その人間の心の奥の情念を絞り出したような声に胸を抉《えぐ》られた。抜き差しならぬ男女が心中を決意する件《くだり》の、情感溢れる声が栄次郎の琴線に触れた。切羽詰まった男と女のやりきれない思いを、官能的に語り上げた春蝶の声に、体が泡立つような感動を覚えたのだ。

それから栄次郎は春蝶にこっそり新内三味線の手ほどきを受けたりした。だが、本格的に稽古をしたわけではない。

「栄次郎さん。そいつは本気で」

春蝶が怪訝《いぶかし》そうにきいた。

「本気ですが、気持ちだけでは勤まらないんでしょうね」

「いや。栄次郎さんなら出来ます」

音吉が身を乗り出した。

「栄次郎さん。いいんですか。ほんとうにいいんですかえ」

春蝶が念を押す。

「私の腕でなんとかごまかせるものなら。さっきも言いましたように、前弾きと『明烏夢泡雪』と『蘭蝶』のクドキの部分だけですが」

「そいつはなんとでもなります。ありがたい。この通りです」

春蝶が手を合わせた。

「じゃあ、ちと浚《さら》ってみたいのですが」

「ええ、やってみましょう」

音吉が弾んだ声で立ち上がり、三味線を持ってきた。

栄次郎と音吉がそれぞれ三味線を抱《かか》えた。二丁の三味線でそれぞれ高音部と低音部を弾いて合奏するのだ。音吉は低音を奏する本手《ほんて》、栄次郎は糸に枷《かせ》をはめて高音が出るようにして上《うわ》調子を受け持つ。上調子の三味線の高音が、本手の三味線の低音に絡んで、面白い、味わい深い音を作り上げるのだ。

爪《つま》弾きで、新内の前弾きを浚った。『虫干』と呼ばれる前弾きで、『蘭蝶』などの前弾きとして使われる。続いて、『鈴虫』、『江戸』、『豊後』を浚った。

音吉が手を直してくれて、次に『蘭蝶』の『お宮くぜつ』のクドキの箇所だ。

いわねばいとどせきかかる
胸の涙のやるかたなさ
縁でこそあれ末《すえ》かけて

約束かため身をかため……

音吉がかんのきいた声をきかせて語る。

音吉の本手は単調な旋律だが、音吉は新内を語りながら弾くのである。そこに栄次郎の上調子が面白く入り、やるせない旋律が夜の底からむせび泣くように響く。

「栄次郎さん。立派なもんです」

春蝶が目を細めて誉《ほ》める。

「いやあ、春蝶さんにそう言っていただけるとうれしいですよ」

栄次郎は素直に喜んだ。

夜になって、白地に縦縞の着物に博多帯を締め、頭は手拭いで吉原被《かぶ》り、栄次郎は音吉に指示されたように、糸を帯に通して輪を作り、そこに三味線の胴を載せた。

「どうですか。様《さま》になっていますか。一度、こういう格好をしてみたかったんです」

「立派なものです」

春蝶が感心したように言う。

「じゃあ、春蝶さん。行ってきます」

栄次郎はうれしそうに言う。

二

春蝶の病気はなかなか全快せずに、栄次郎が新内流しに出て今夜で五日になる。

小雪の舞う中、今夜も栄次郎と音吉は池之端《いけのはた》の盛り場を流していた。吉原を締め出された春蝶と音吉は、池之端から湯島《ゆしま》を主に流している。

「栄次郎さん、連夜付き合ってもらって申し訳ありません」

音吉がすまなそうに言う。

「いえ。私は楽しいですよ」

栄次郎は頭に手拭いを載《の》せ、胸には三味線を抱えている。

「それにしても、栄次郎さんはどうしてそうひとの世話を焼くのですか。私はいつも不思議に思っていたんです」

「お節介《せつかい》焼きだと思っているんでしょう」

「いえ、とんでもありませんよ」

「ひとの喜ぶ顔が好きなんですね。そういう顔を見ると、自分もうれしくなってくるんです。ですから、ひとのためというより自分のためにお節介を焼いているんですよ。へんな性分ですね。これも亡き父の……」

「お父上の？」

「いえ、なんでもありません」

自分を慈《いつく》しんでくれた父の温《ぬく》もりを思い出し、栄次郎は胸が熱くなった。

「こんな夜は手がかじかんで糸をうまく弾けませんね」

音吉が懐に片手を差し込んだ。小雪が止んではまた舞う。今夜の冷え込みは厳しい。

不忍池《しのばずいけ》の周囲にある料理屋や待合の明かりが霞《かす》んだように浮かんでいる。湯島のほうに場所を変えようとして、前弾きの『鈴虫』を弾きながら、川田という料理屋の黒板塀沿いにやって来たとき、

「ちょいと新内屋さん」

と、声をかけられた。

二階座敷の障子が開いて、芸者ふうの女が手摺《てすり》に寄り掛かって顔を出している。

「へい」

音吉が枯れた声で女のほうを見上げた。

「ひとくさり頼むよ」

「姐《ねえ》さん、何かお希望《のぞみ》は？」

芸者が中に目をやって客にきいて、再び顔を戻した。

「なんでもいいわよ」

「さいですか。では『明烏』を語らせていただきます」

春雨の、眠ればそよと起こされて、乱れそめにし浦里《うらざと》は、
どうした縁でかのひとに……
逢うた初手《しょて》から可愛さが、身にしみじみと惚れぬいて、
こらえ情なきなつかしさ……
あんまり、酷《むご》い情けなや、今宵離れてこなさんの……

音吉の春蝶ゆずりのかんのきいた声で振り絞るような語りだ。音吉の高い声が切なく雪の夜に響いた。

語り終えたあと、二階の座敷から手を叩く音が聞こえた。

「ごくろうだったね。ほれ」

芸者が懐紙に包んだものを放ったあとで、もうひとつ包みを放った。

「これ、旦那から特別にと」

「これは旦那。ありがとう存じます。一言、旦那さまにお礼を」

音吉が言うと、恰幅《かっぷく》のよい男が顔を出した。

「いい語りだったよ」

「ありがとう存じます。もし、よろしければ旦那のお名前を？　今後のご贔屓《ひいき》に願いたいと思いまして」

「神田須田町の大倉屋《おおくら》さんだよ」

芸者が教えてくれた。

「大倉屋の旦那。ありがとう存じます」

音吉が言い、栄次郎も頭を下げた。

再び、前弾きを弾きながら行きかけたとき、黒板塀の陰の暗がりにひとがいるのに気づいた。

栄次郎の視線に気づくと、男はさっと踵《きびす》を返した。

音吉に追いつき、

「音吉さん。素晴らしい語りでした」

と、栄次郎は正直に言った。

「いや、まだまだ春蝶師匠の足元にも及びません」

「そうですか。私には素晴らしく思えましたが」

「私なんかまだ好きな男と女が心中立てする気持ちを訴えられません。その点、うちの師匠はどうしようもない男女の気持ちを見事に表現出来るんです」

「それはどうすれば身につくのでしょうか」

「師匠が言うには、心中をしようと思うほどの真剣さで、女を好きになればいいってことです」

「心中しようとするほどですか」

春蝶の、歳をとっても小粋な色気というものが、芸の精進から作られたものなのか、それともそういう春蝶の生き方からきたものなのか。

いつの間にか湯島に来ていて、やはり雪のせいか声もかからず、湯島天神の男坂から切通《きりどお》しを抜けて、不忍池の辺《ほとり》に出た。

その後も、声がかからない。また小雪が舞ってきた。二丁三味線の音が、雪に吸い込まれて消えて行くようだった。

「こんな日はいけねえな」

音吉の声が寒さで震《ふる》えていた。

茅《かや》町から池之端仲町に戻って来た。そして、さっきの料理屋の川田の前に差しかかった。
さらに、雪が激しくなってきた。
一丁の駕籠が川田の門の前に停《と》まっていて、そこに芸者と女将《おかみ》に見送られて、最前
祝儀をくれた大倉屋の旦那が乗り込むところだった。
掛け声を上げ、駕籠かきが駕籠を担いだ。
駕籠が出たあと、そのあとを追うように男が暗がりから飛び出した。頬被りをし、
懐に手を入れて、前屈《かが》みになって駕籠のあとをつけはじめた。
「音吉さん。すみません。これを」
三味線を預け、栄次郎は頬被りの男のあとを追った。男は懐に匕首《あいくち》を呑んでいるよ
うに思えたのだ。
祝儀をくれた旦那が狙《ねら》われている。縁の出来た旦那に危害が及ぼうとしているのを
見過ごすことは出来ないのだ。
降る雪が視界を遮《さえぎ》る。駕籠は人通りの絶えた広小路から新黒門町に向かった。駕籠
かきの足跡を追って、雪を踏んだ男の足跡が続いている。
突如、頬被りの男が懐から匕首を抜いて、勢いよく駆け出した。すかさず、栄次郎

は飛び出した。

「止《や》めろ」

駕籠に迫ろうとしていた男は、はっとしたように立ち止まった。

栄次郎は男の前にまわり込んだ。

「物騒なものはしまうんだ」

栄次郎は諭《さと》すように言う。

「おまえさんには関係ねえ。邪魔するな」

男は匕首を握ったまま強く言い返した。

「関係なくはない。それに、関係なくとも、見過ごすことは出来ない」

「ちくしょう」

男が匕首を振りかざして来た。

栄次郎は体を開いて匕首を避け、すかさず相手の手首に手刀を打ち下ろすと、相手はあっと声を上げて匕首を落とした。

男が腕を抑《おさ》えてうずくまった。栄次郎は男の襟元を摑み、頰被りをしている手拭いをはぎ取った。

三十前後の男だ。顔面蒼白で強張《こわば》った表情だが、それほど凶悪な顔つきではなかった。

それよりどこかで見た顔だと思ったとき、

「あっ、あなたは」

と、栄次郎は思い出した。

栄次郎の力の緩《ゆる》んだ隙に腕を振りほどき、男は匕首を拾って一目散に暗闇に向かって逃げ去って行った。

追うこともなく、栄次郎は茫然と男の去ったほうを見ていた。雪はさらに激しくなっていた。

三

翌日の朝、本郷の組屋敷で、栄次郎は雀の鳴き声を聞いて目覚めた。

障子を開けて廊下に出ると、もう雨戸は空《あ》いていて、縁側の傍《そば》まで雀が餌を求めにやって来ていた。

庭は一面の雪景色だ。草木も雪をかぶっている。ゆうべ、寝る前にあまった飯粒を縁の下に撒いておいたのだ。

厠《かわや》へ行き、冷たい水で顔を洗った。

毎朝、栄次郎は庭に出て、素振りをして汗を流すのだが、このような日はそれも無理だった。

今でこそ刀を三味線に持ち替えたかのように見られるが、栄次郎は子どもの頃から田宮《たみや》流居合術の道場に通っていて、二十歳を過ぎた頃には師範にも勝る技量を身につけていた。

朝餉《あさげ》のあとで、栄次郎は母に呼ばれた。

部屋に行くと、母は仏壇に向かっていた。栄次郎も隣りに座り、手を合わせた。父の位牌と兄嫁の位牌が並んでいる。

仏壇から離れ、部屋の中央に栄次郎が座ると、母もようやく体の向きを変えた。

「何用でございましょうか」

改めて、栄次郎は声をかけた。

「最近、夜がずいぶん遅いようですね」

「はい。ちょっと知り合いが困っていたので、その手伝いを」

栄次郎は肩をすぼめた。

母は、同じ幕臣で幕府勘定《かんじよう》衆を勤める家から、亡《な》き父のもとに嫁《とつ》いできたひとで、気位が高い。勘定衆は勘定奉行の下で、幕府領の租税などの財務や関八州のひとびとの訴訟などの事務を行う。

兄がやって来た。口を一文字にし、家長としての威厳を保つように胸を張って、母の近くに腰を下ろした。大番組頭《おおばんくみがしら》という役職にある。きょうは非番なのだ。

父が亡くなったあと、兄栄之進尚義《なおよし》が家督を継いで三年になる。

「二百石取りであっても、矢内家はそなたの父上が一橋卿《ひとつばし》の近習番を勤めたこともあるほどのお家柄ですぞ。お家に泥を塗るようなことはないように」

「はい」

「ゆうべは早く知らせようとして遅くまで待っていたのですよ。まあ、よいでしょう」

小言《こごと》がそこで止んで、母は居住まいを正した。

「きょうはよい知らせがあります」

やはりその話か、と栄次郎は覚えずため息をついた。

「今度のお話は小十人組《こじゅうにんぐみ》の田村家ですぞ。百俵十人扶持ながら御目見得の御家柄」

小十人組は普段は将軍の外出にお供をする役目である。将軍の警護を勤めるという格の高い役目なのだが、俸給は少なく貧乏旗本だ。

御目見得ということが母の自尊心を満足させているのだろう。

「母上。そのことなら私はまだ……」

「おだまりなさい」

母の鋭い声が飛んだ。

「よいか、栄次郎。そなた幾つになるのです？　言うてみなさい」

「はい。二十四になります」

「そう。二十四歳ですぞ。いつまでも部屋住のままでよいと思っているのですか。ああ、情けない」

母が大仰《おおぎょう》に顔をしかめた。

「はい」

栄次郎は俯き、母の小言と嘆きを聞いた。兄は難しい顔で口を閉ざしている。

「そなたはいつまで兄上にご迷惑をおかけするのですか。そなたがいれば、栄之進の再婚の妨げとなるのですぞ」

兄が何か言いさしたが、すぐに顔を元に戻した。

去年、兄嫁が急の病で亡くなり、現在矢内家は母と兄、そして栄次郎の三人に、奉公人が三人いる。

この暮らしを兄の二百石の収入が支えている。家計にゆとりはないはずだ。部屋住の存在は無駄飯ぐらいがいるということで、そういう家に嫁ぐのは二の足を踏むのだと、母が言うのももっともなことだ。

「よろしいですね。よく考えておきなさい」

やっと母から解放されて、栄次郎は自分の部屋に戻った。

大きく伸びをしてから、外出の支度をしていると、兄がやって来た。

「栄次郎。そなたはどうするつもりなのだ。私のことはいい。だが、母上の仰《おっしゃ》ることはもっともだ。いつまでもこのままでよいとは思わん」

「はい。申し訳なく思っております」

「こういつも断っていると、もういい話は舞い込んでこなくなるぞ」

亡き父の言い方に似てきた兄の声を、栄次郎は黙って聞いた。

「また出かけるのか。母上にあまり心配をかけるのではないぞ」

栄之進は厳しい顔で言ったあとで、そっと顔を近づけ、

「また、行きたいのだ。頼む」

と、小声で言う。

「おぎんですね」

「ばか。声が高い」

　おぎんとは深川《ふかがわ》仲町の遊女だ。いつも厳しい顔をしている兄だが、栄次郎が一度、強引に連れて行ったらすっかり病《や》み付きになってしまっているのだ。

　その金は、栄次郎が三味線弾きで手にした祝儀を当てにしているのだ。

「栄次郎。あまり遅くなるでないぞ」

　再び謹厳な顔になって、栄之進が厳しく言う。

　栄次郎は一礼して玄関に向かった。


　番傘を差し、高下駄を履いて雪の中に出た。冠木門《かぶきもん》を出ようとしたとき、剝《は》がれていた板塀がきれいになっていた。

　矢内家に修理をする金があるのかと、栄次郎は不思議に思った。二百石取りといっても、それなりの格式を保つためには金がかかる。母も家計は苦しいといっていながら、矢内家は札差《ふださし》からも借金をしていない。そこが不思議だった。

　組屋敷の木戸を出て、加賀前田家の上屋敷沿いの坂を上ると、上野寛永寺の雪をかぶっている五重の塔が見えた。

　湯島切通しから湯島天神を突っ切って、広小路《ひろこうじ》に出て、さらに東に向かい、武家屋敷の一帯を突き抜けて三味線堀に出ると、やがて元鳥越町《もととりごえ》に着いた。

師走に入ってから町々の木戸にある番太郎の店も、焼き芋を売りはじめていて、その前を通るとよい匂いが漂う。

鳥越神社の屋根の見えるところに、長唄の師匠杵屋吉右衛門の稽古場があった。

格子戸を開けると、土間に履物が一足。その鼻緒の柄《がら》に見覚えがあった。相模《さがみ》でも指折りの大金持ちの三男坊で、江戸に浄瑠璃の勉強に来ている新八《しんぱち》という男だ。じつは、稽古もさることながら、栄次郎はこの新八に会うためにやって来たのだ。

栄次郎は稽古場の隣りの部屋で、長火鉢に当たりながら順番を待っている。

弟子は武士から商家の旦那、職人など多彩だ。師匠の杵屋吉右衛門は横山町の薬種問屋の長男で、十八歳で大師匠に弟子入りをし、天賦の才から二十四歳で大師匠の代稽古を勤めるほどの才人であった。

稽古が終わって、新八が戻って来た。小柄で、穏やかな顔をしている。が、引き締まった体で、動きも敏捷《びんしょう》だ。

「新八さん、待っていてくださいませんか」

師匠の前に入れ代わるとき、栄次郎は声をかけた。

「わかりました」

新八の返事を聞いてから、師匠の前に行った。四十過ぎの渋い顔立ちだ。

「よろしくお願いいたします」

見台《けんだい》をはさんで師匠と向かい合い、栄次郎は頭を下げた。

栄次郎が浚いはじめたのは『京鹿子娘道成寺《きょうかのこむすめどうじょうじ》』。

三味線を構え、息を整え、師匠のはっという掛け声をきいて撥《ばち》を振り下ろす。師匠の手を見ながら、栄次郎も三味線の手を真似る。が、意識が他に飛んでいて、手だけが無意識に動いている。宗助のことにいつしか考えが向かっていた。

「どうしましたか。身が入っていませんよ」

師匠が見抜いて、たしなめた。

「は、はい」

栄次郎は深呼吸をしてもう一度、最初からはじめた。

なんとか、稽古を終えたとき、新たにやって来た大工の棟梁と新八が世間話に花を咲かせていた。

「棟梁。どうぞ」

見台の前の席を空《あ》け、栄次郎は親方に声をかけた。

「おう、栄次郎さん。ますます腕を上げたね」

棟梁は威勢よく立ち上がり、

「どうも、師匠。お寒うござんす」

と、愛想よく見台の前に座った。

栄次郎が新八といっしょに外に出ようとしたとき、入れ違いに若い女がやって来た。

「栄次郎さま」

町火消『ほ』組の頭取政五郎《とうどりまさごろう》の娘のおゆうだった。三味線を習いに来ているのだ。

「もうお帰りですか」

蛇の目傘をすぼめて雪を払い、おゆうは栄次郎を睨《にら》むように見た。十七歳、形がよく美しい眉に目鼻だちがはっきりしていて、ちょっと勝気なところがある。父親譲りなのか、意地と張りを通すおきゃんな娘だ。

「ええ。新八さんとちょっと用事が」

「そうですか。じゃあ、どうぞ」

「おや、おゆうさん。あたしが栄次郎さんを連れて行ってしまうので怒っているんですかえ」

新八がからかうように言う。

「怒ってなんかいません」

おゆうは横を向いた。

「おゆうさんの怒った顔もなかなか色っぽいじゃないですか。ねえ、栄次郎さん」

「新八さん」

栄次郎も困った顔をした。

「おゆうさん。ちゃんとあとでお返ししますから」

「知らない」

おゆうは乱暴に部屋に上がっていった。

「よく降りますね」

新八は番傘を開き、

「なんですね、栄次郎さん。何か話があるようでしたが」

と、傘の内からきいた。

「須田町にある大倉屋を知っていますか」

栄次郎も番傘を差して歩きはじめた。

「ああ、あの金貸しですね」

新八は口許を歪《ゆが》めた。

「金貸し？」

「ここ数年の間に大きく伸《の》してきた高利貸しですよ。たちのよくねえ取立てをやっているって噂です」

　金を貸すときはにこやかで、いざとなると、凄まじい取立てをした。

「金を返せなくなると、女房や娘を女郎に売ってでも返せと、家の前まで取立ての男がやって来て騒ぐそうです。事実、女房が女郎屋に売られたのも何件かありました」

「よく、ご存じですね」

「長屋の住人がやはり金を借りましてね。あこぎな催促を受けていたんですよ」

「そのひと、どうしました？」

「そのひと？」

「あこぎな催促を受けていたひとです。ちゃんとお金を返したんですか」

「ええ、返しました」

「なるほど」

「何がなるほどなんですかえ」

「新八さん。やったんじゃないですか」

　立ち止まって、栄次郎は新八の顔を見た。

「えっ。さあ、どうですかねえ」

大倉屋に返した金を、新八が出してあげたのではないかと思ったので、鎌《かま》をかけてみた。

新八が相模の大金持ちの三男坊とは真っ赤な嘘。実際は盗人だということを知っているのは栄次郎だけだ。

去年の春、杵屋吉右衛門師匠と共に、師匠の後援者に木挽《こびき》町の料理屋に招かれた。その帰り、駕籠で帰る師匠と別れ、栄次郎は朧《おぼろ》月夜を夜風に当たりながら、ほろ酔いで三十間堀川沿いを歩いていると、いきなり武士の一団に囲まれた。五、六人はいた。

中のひとりが提灯《ちょうちん》の明かりを突きつけたが、すぐに違うと言って提灯が下ろされた。

「失礼仕《つかまつ》った。我ら、お屋敷に忍び込んだ賊を追っております」

そう言ってから、向こうだ、と叫び走り去って行った。

栄次郎は一団が去ったあとで、紀伊国《きのくに》橋の下に隠れている男に声をかけた。じつは、侍に囲まれる前に、黒い影がそこに隠れるのを見ていたのだ。

「もうだいじょうぶですよ」

そういって暗がりに身を潜《ひそ》めていた男に声をかけた。

そうやって出て来たのが新八だった。新八は右脚に手傷を負っていたので、栄次郎は駕籠を探して来てやった。

それから三月ほどして、杵屋吉右衛門師匠のところに新たに弟子入りしてきたのが新八だった。

親しく口をきくようになってから、新八が打ち明けた。

「私はいつぞや助けてもらった者です。お近づきになりたく、私も杵屋師匠のところに弟子入りしました」

新八は栄次郎を探していたらしい。

そんな新八を、栄次郎も気に入ったのだ。それに、盗人であっても、忍び込む先が大名屋敷や豪商の屋敷に限られていることから、さして気にならなかった。

新八はばつが悪そうに、傘を下げて顔を隠した。

「栄次郎さんにはかないません。ええ、確かに大倉屋に忍び込みました。でも、盗んだのはその男が返さなきゃならない金額に、私の手間賃ぐらいなものですよ」

新八は悪びれることなく答えてから、

「栄次郎さん。大倉屋に何かあるんですね。まさか、栄次郎さんが金を借りたとか。だったら、そのぶん取り返してきましょうか」

「いや。そうじゃないんです」

栄次郎は苦笑し、

「じつは下谷車坂町の惣右衛門長屋に住む宗助という男が、大倉屋を付け狙っている様子なのです」

「付け狙っている？　おだやかじゃないですね。金が返せなくなったんでしょうか」

「理由はわかりません。ただ、宗助には妻子がいる。罪を犯させたくないんです。宗助の居場所を見つけて欲しいんです」

「いつものお節介病ですか」

たまたま居酒屋で隣り合わせた職人が、好きな女に打ち明けられずに苦しんでいるのを知って、わざわざその女に会いに行って職人の思いを伝えてやったことがあったが、そのことを新八は言っているのだろうか。

栄次郎は仕事をしていない。兄の家に厄介になっている部屋住だ。仕事をしていないから暇はたっぷりある。もっとも、暇があるのは仕事をしている者とて同じで、お城勤めの武士とて三日に一度は非番だし、町人とて暮らしの出来る稼ぎがあれば、あとは遊芸を楽しんでいるのだ。

この新八もほとんど遊んで暮らしているようなものだ。長唄以外にも俳諧や狂歌を習っているのだ。

「まあ、いいでしょう。栄次郎さんの頼みだ。わかりました。大倉屋を見張ってみましょう」

「助かります」

「何かわかったら浅草黒船町《あさくさくろふねちょう》まで来ていただけますか。家、わかりますか」

「与力の妾《めかけ》の家でしょう。妹だとか世間に言っているけど……。よりによって、どうしてそんな家に厄介になっているんですかえ」

「妾のお秋さんは、以前に私の屋敷に奉公していたひとなんですよ」

「まあ、足を向けたくはないところだけど、いいでしょう」

三筋《みすじ》町で、三味線堀のほうに向かう新八と別れ、栄次郎は稲荷《いなり》町に出てから下谷車坂町に向かった。

途中、屋根の雪下ろしをしている商家が目についた。

惣右衛門店の露地木戸を入ったとき、春蝶の家から細身の男が出て来た。年配だが小粋な着物を着込んでいて、春蝶と同じ稼業の人間だと察した。

春蝶に、同じ新内語りの人間が訪ねてくるのは珍しいと思った。

男は傘を差して雪の中を去って行った。

栄次郎は春蝶の家の腰高障子を開けた。

土間に入ると、春蝶が茫然と座っていた。

何度か呼びかけてから、やっと春蝶がはっとしたように顔を上げた。

「栄次郎さん。ずっとすまなかった、助かりました」

「いや。私のほうこそ勉強をさせていただいてありがたく思っています。音吉さんは？」

「今、出かけています」

「そうですか。まだ、流しに出かけるには時間がありますからね」

「栄次郎さん。もういいんです」

春蝶が顔を横に振った。

「いいとは？」

「町を流すのはもういいんですよ」

「春蝶さんが流すつもりですか。まだ体は本調子じゃないんでしょう。それとも、相方が見つかったんですか」

栄次郎は訝《いぶか》しげにきいた。

「そうじゃないんです」

そう言って、春蝶が咳き込んだ。

不審に思って、

「さっき出て行ったひと、どなたですか。新内語りのような印象でしたが」

と、栄次郎は疑問を口にした。

「富士松土佐太夫、私の兄弟弟子です」

それ以上は話したくないような雰囲気だった。

「とにかく、栄次郎さんのおかげで助かった。きのうまでのことはこの通りだ」

春蝶が畳に手をついて頭を下げた。

「よしてくださいな」

事情があるようなので、それ以上しつこくきくことは止め、栄次郎はここにやって来たもうひとつの用事を思い出した。

「隣りの宗助さんのことで、ちょっと訊ねてみたいのですが、お新さんに会いに行ってだいじょうぶでしょうか」

「宗助さんのことで、何か手掛かりでも？」

「まあ」

「お新さんも、栄次郎さんの顔は知っているはずですよ」

「そうですね。じゃあ、ちょっと行ってきます」

春蝶が不思議そうな目で栄次郎を見送った。

お新の家の腰高障子を叩いた。中から返事がしたので、栄次郎は戸を開けた。

天窓からの明かりの下で、お新が仕立ての仕事をしていた。

「あっ、あなたさまは……」

「はい。春蝶さんの知り合いの矢内栄次郎と申します。宗助さんのことでちょっとお話にあがりました」

「うちのひとに何かありましたか」

手を休め、お新が腰を浮かせた。

「いえ。あるところで宗助さんをお見掛けしました」

「どこですか。あのひとは何をしようとしているのでしょうか」

息を詰めたようにきく。不安と悲しみを物語っているように、ほつれ毛が口にかかっている。

「その前に、何があったのか、お話してくださいませんか。お力になりたいんです」

「どうして、赤の他人のために？」

お新は訝しげに見返した。

「どうしてときかれても、自分でもわかりません。ただ、そういう性分なのでしょうか」

以前にも誰かから、同じようなことをきかれたことがあった。そのときも同じように答えたことを覚えている。

栄次郎はお新を見つめた。ひとと相対《あいたい》するとき、相手の目を真っ直ぐに見る。しかも、真剣になると、瞬《まばた》きをしないでじっと見つめるのだ。そういう目で見つめられると、いつしか相手は栄次郎に心を許すようになっていくようだった。

今も、お新がそうだった。

「半年ぐらい前から、うちのひとは毎晩遅く帰ってくるようになったんですよ。それまでは親子三人で楽しく夕飯を食べていたのに……」

「何をしていたのでしょうか」

「わかりません。いつも疲れた様子で帰って来ました」

「疲れた様子ですか」

いっしょに考えるように、栄次郎は腕組みをした。

「女が出来たとか、博打をしているとか、と言うひともおりましたけど。でも、私にはそんなことは信じられません」

　お新は顔をしかめた。

「そんなことではないと思いますよ」

　栄次郎は宗助の思い詰めた目を思い出した。

「宗助さんは真面目なひとだそうですね」

「はい。いつか小間物の店を出すんだと、商売に精を出していました」

「宗助さんが、誰かに怨《うら》みを持っていたようなことはなかったのでしょうか」

「いえ。あのひとは気性の激しいひとですが、他人に怨みを持つようなことはありません。でも、どうしてそんなことを？　あのひとに何か」

「いえ。特に深い考えがあってきいたわけではありません」

　栄次郎はあわてて話を逸《そ》らした。

「ところで、金貸しの大倉屋の話を、宗助さんから聞いたことはありませんか」

「金貸し？」

　お新は目を見開いた。

「まさか。うちのひとは大倉屋から金を借りていたのでは？」

「大倉屋のことを何か話していたのですか」

「いえ、うちのひとは家を出るとき、五両の金を置いて行きました。その金は金貸しから借りたのかもしれないと思ったのです」

「五両を置いていったのですか」

「はい」

五両は手切れ金のつもりだろうか。

「へんなことをおききしますが……」

栄次郎は言いよどんだ。

「何でしょうか」

お新が不安そうな顔をした。

栄次郎は思い切って口にした。

「宗助さんが家を出て行く前の夜、ふたりはナニを……。その」

「ナニを、と言うのは……」

「男と女の……」

「男と女の」

途中で、はっとお新が顔を赤らめた。

「そういうことをしたのでしょうか」

「そんなこと……」

お新は恥じらうように俯いたが、すぐ顔を上げて、

「はい。そういえば、いつもより激しく」

あっとお新は自分の言葉に驚いたように、あわててまた俯いた。

やはり、宗助はお新が嫌いになって別れたわけではないのだと思った。

そのとき、戸が開いて、小肥《こぶと》りのお熊婆さんが子どもを連れて入って来た。

「おその」

お新がおそのを抱きしめ、

「いつもすみません」

と、お新がお熊婆さんに頭を下げた。

「おそのちゃん」

栄次郎がしゃがんで声をかけると、おそのがつぶらな瞳を向けた。

「ととさまに会いたいだろう。ととさまはきっと帰ってくるから待っているんだよ」

「栄次郎さん。だめですよ」

お熊婆さんが顔を歪めた。

「宗助さんは人間が変わってしまったんですよ。あんなに家族思いの男はいないと思っていたのに。このひとたちに大切なのは、早く宗助さんを忘れて、新たな出発をす

ることなんですよ。そのために長屋の連中は力を貸しますよ」

この長屋のひとたちは皆家族のように助け合っている。誰かが困ったことになれば、皆自分のことのように手を貸してあげる。そういうひとたちだ。

「おじちゃん。ととさんに会いたい」

おそのが舌足らずの声でせがんだ。

お熊婆さんが急にしょんぼりした。

「ほんとうは、お新さんは、宗助さんが忘れられないんだね、毎日探し歩いているんだから」

子どもを預けて、お新は江戸の町を歩き回っているという。

「きっと宗助さんは帰って来ますよ」

いや、必ず宗助を連れ戻すのだと、栄次郎は自分に言い聞かせた。

お新の家を出た。もう一度、春蝶のところに寄ろうとしたのは、春蝶の様子がおかしいからだ。だが、結局そのまま引き上げた。

四

数日後、栄次郎は浅草黒船町のお秋の家の二階にいた。窓を開ければすぐ隅田川で、御厩《おうまや》河岸の渡し場に近い。その先には浅草御蔵の一番堀の白い土蔵が見える。

お秋は六年前まで矢内家に年季奉公をしていた女で、去年久しぶりに町で再会したら、囲われ者になっていた。その相手が八丁堀の与力だという。新八の言うように、世間には母の違う妹と称しているが、れっきとした妾。

その家の二階の小部屋を栄次郎に貸してくれたのだ。三味線の稽古は屋敷では出来ない。どこか適当な場所がないかと探していたところだったので、栄次郎は大助かりだった。もちろん、旦那の与力は渋ったらしいが、お秋の頼みを断ることが出来なかったようだ。

「栄次郎さんのお父上には、ずいぶんよくしてもらったんですよ。せっかく、嫁入りをさせてもらったのに、こんな身になっちゃって」

部屋を使っていいと言ったとき、お秋はそう告げたのだ。

このお秋。なかなか商才があって、もうひとつの西側の部屋を特別な客のために貸している。

栄次郎はこの小部屋に入るなり、差料を刀掛けに掛けて三味線を取り出した。撥を持ち、一の糸を弾き、続いて二の糸、三の糸と本調子に合わせる。

栄次郎がはじめて三味線を手にしたのは五年ほど前のことだ。悪所通いでさんざん遊んでいた頃で、ある店で、きりりとした渋い男を見かけた。決していい男というわけではないのだが、体全体から男の色気が醸し出されている。店の女中が、長唄の杵屋吉右衛門師匠だと教えてくれた。

どうすれば、あのような粋で色っぽい男になれるのか。長唄を習えばそういうものが身につくのかもしれないと思った。

それで、杵屋吉右衛門の稽古場を訪れたのだ。弟子入りをするや、めきめき腕を上げ、師匠からも感心されるほどになったのだ。

栄次郎は粋で色っぽい男に憧れている。そういう雰囲気を身につけたいと思っている。そういうことが自分の生きる目標になっていた。

夢中で弾いていると、梯子段を上がって来る足音がした。どうぞ、ごゆっくりというお秋の声。

そのお秋が小部屋の襖を開け、

「栄次郎さん。すまないわね。向こうに客が入ってますからね」

と、囁き声で言った。

いつものことだ。栄次郎は三味線を低く弾いた。そのうちに、向かいの部屋からぼそぼそと聞こえてきた話し声が止まった。やがて、女の喘ぎ声。

真っ昼間から睦み合う人間がいるのだ。栄次郎は気が散ってならなかった。

お秋が入って来た。お秋は大柄な女で、顔の造作も大振りだが、男を引きつける魅力があるようだ。

「栄次郎さん。ちょっといいですか」

栄次郎の傍に座り、

「栄次郎さん、また三味線を教えてくださいな」

「はあ」

世話になっているから無碍《むげ》には断れない。

お秋が勝手に三味線を抱える。

「こうかしら。撥はこう？」

「いえ、こう握って、薬指と小指を……」

栄次郎が言うと、

「きょうのふたりはずいぶん激しいわねえ」

と、お秋が栄次郎の顔を覗く。

お秋は二十八歳になる。矢内家で働いていたときはおとなしそうな感じだったが、再会したときのお秋は、まったく別人のようになっていた。熟れた体がむんむんしている大年増だ。向かいの部屋からの女のよがり声がお秋を刺激しているのか、それとも栄次郎の反応を楽しんでいるのか、いずれにしろ栄次郎は落ち着かない。

「お秋さん。今はお客さんがいるので、大きな音は出せません。また、あとで教えてあげますよ」

暗に部屋から出て行くように言うのだが、お秋はいっこうに気にしない。

そのうちに、とんとんと静かに梯子段を上がって来る音がした。

「内儀《おかみ》さん。こちらですか」

女中が呼びに来たのだ。

「旦那さまがお見えです」

「まったく、肝心《かんじん》なときに」

動じることなく、お秋はため息をついて、

「栄次郎さん。また、教えてくださいね」

と言って、やっと腰を上げた。

それから半刻（一時間）ほどして、栄次郎が厠に立とうと襖に手をかけたとき、それより早く向かいの部屋からひとが出て来た。

四十年配の商家の旦那ふうの男と、三十年配の内儀ふうの女だ。女はとりすました顔をしていて、少し開いた襖の隙間から顔を出している栄次郎と眼が合った。女は恥じらうような媚びを売るような複雑な笑みを栄次郎に見せた。

男は栄次郎に気づかず先に梯子段を下りて行った。

お秋は二階を逢い引きの男女に貸しているのだ。客にとっては八丁堀与力の妹の家だという安心感がある。

厠から戻るとき、居間で酒を呑んでいる与力と顔が合った。同心支配掛かりの崎田《さきた》孫兵衛《まごべえ》という脂《あぶら》ぎった感じの男だ。同心支配掛かりは同心の監督や任免などを行うが、この同心支配から町奉行所与力の最高位である年番方になるのであり、崎田は有能な与力ということになる。

八丁堀の与力は二百石ぐらいで、矢内家と同じ程度。それなのにこうやって妾を囲えるのだから、よほどの付け届けがあるのだろう。

「よう芸人。稽古は進んでいるか」

崎田が蔑《さげす》むような目を向けた。その姿からは、いずれ年番方与力になるほどの有能な人物には見えないのだが、奉行所ではもっともらしい顔をしているのだろう。

栄次郎は軽く会釈をして梯子段に向かった。お秋は栄次郎を振り向きもしなかった。

しばらくして、女中が新八が来たことを告げに来た。

「お秋さんは？」

「旦那とまだ……」

女中が頰を赤らめて言う。

どうやら、寝間に閉じこもりきりらしい。

「新八さんに、ここに来るように言ってくれますか」

やがて、新八が上がってきた。

「宗助の居所がわかりました」

「よくわかりましたね」

「大倉屋を張っていると、遊び人ふうの男が大倉屋から出て来たんです。怪しいと思ったので、そいつのあとをつけると、二十七、八の男と落ち合いました。相手の人相が宗助という男に似ているので、今度はその男のあとをつけました」

「で、どこに？」

「本所《ほんじょ》割下水の旗本屋敷の中間部屋《ちゅうげん》ですよ」

割下水といえば、南割下水のことだ。本所・深川には無役の下級旗本・御家人が住んでいた。

「割下水に百瀬武之進《ももせたけのしん》という旗本が住んでおります。そこの中間部屋で、以前から博打が行われているようです。宗助はそこに入って行きました」

「博打をしているのでしょうか」

「そいつはどうかわかりません。そこで寝泊まりをしているようです」

「そこに案内してもらえないでしょうか」

「よござんすよ」

新八はあっさり言う。

栄次郎は刀を差し、新八といっしょに外に出た。

蔵前通りを両国広小路に向かう。雪はすっかり消えていたが、日陰に溶けて小さくなった雪だるまがまだ残っていた。

神田川を越え、浅草御門を抜けると、芝居小屋や見世物小屋、大道芸人などで賑わいを見せている両国広小路で、両国橋に差しかかった頃には陽光が西から射していた。

隅田川に雪見の舟が出ている。

回向院《えこういん》前を通り亀沢《かめざわ》町の角を曲がると、侍屋敷の一帯になる。南割下水は道の真ん中を流れる幅九尺の掘割で、幕府米蔵である御竹蔵《おたけぐら》の堀から八町あまり、長崎町の先で横川に合流している。

冬の陽光に川面が白く照り輝いている。その堀沿いをしばらく行ってから、新八が角を曲がった。

長屋門の旗本屋敷の前で、新八が立ち止まった。

「ここです」

両番所に門番の姿は見えない。

「どうしますか。出てくるのを待ちますか」

「ええ、待ちます。新八さんはお帰りください。どうもすみませんでした」

「水臭いですよ。ひとりよりふたりのほうが何かといいですぜ」

「でも」

「乗り掛かった舟です」

いつまでも立っていると怪しまれるので、少し場所を移動した。

それから半刻（一時間）ほどして、裏門が開いた。もう辺《あた》りはすっかり暗くなっていて、その暗がりから浮かび上がるように宗助が現れた。

「出て来ましたね」

新八がひそめた声で言う。

「よし、行きましょう」

前屈みに歩き出した宗助のあとをつけた。

宗助は掘割沿いを御竹蔵に突き当たると、左に折れた。両国橋のほうに向かうのかと思っていたが、竪川《たて》のほうに向かった。

そして、二之橋を渡った。確かな足取りは目的の場所がはっきりしているからに違いない。

北森下町から小名木川《おなぎ》に出ると、そのまま高橋《たかばし》を渡って行く。月が雲間から現れて、青白い光を投げかけている。宗助の姿が暗がりに紛れそうになった。

霊巌寺《れいがんじ》前を過ぎ、結局、宗助は仲町までやって来た。

「まさか、八幡さまにお参りってわけじゃないでしょうが」

新八が不審《いぶかし》そうに呟いた。

「いや。どうやらあそこらしい」

八幡さまの裏手にある銀杏《いちょう》の大樹の陰の暗がりに身を隠した。そこから、大きな門構えの料理屋が見通せる。

「私はここから宗助を見張ります。新八さんは別な場所から料理屋の門前を見ていてもらえませんか。おそらく、大倉屋が出て来るでしょうから」

「わかりました」

新八は裾を持ってさっと離れて行き、栄次郎は境内の植込みの中に入った。そこから、料理屋は見えないが、宗助の姿が見えた。

月が凍《い》てついたような光を落としている。

それから半刻(一時間)近く経った頃、何台もの空駕籠がやって来た。料理屋の客を乗せて帰るのだ。

宗助が動いた。栄次郎もあとを追った。

宗助は駕籠をつけて行く。やがて新八が栄次郎の横に並んだ。

「あの駕籠に大倉屋が乗っています」

寄合《よりあい》があったらしい。宗助は今夜の大倉屋の予定を調べていたのだ。

大倉屋を乗せた駕籠は一の鳥居を抜けた。

いつの間にか宗助は頬被りをしていた。そして、永代橋《えいたいばし》に差しかかったとき、突然宗助が匕首を抜いて駕籠へ突進した。

栄次郎は素早く駆け出していた。視界に二つの影が入ったが、栄次郎は宗助を引き止めなければならなかった。

「宗助さん。待ちなさい」

声をかけると、まさか背後から自分の名を呼ばれるとは思っていなかったのだろう、宗助は急に立ち止まった。

宗助は振り返った。

「誰だ、おまえは？」

栄次郎は近づき、

「宗助さん。どんな事情があるかしれませんが、ばかなことはやめてください」

「誰だ、あんたは？」

宗助は後ずさりした。

「長屋で何度か顔を合わせていますが、矢内栄次郎と言います」

あっと、宗助が声を上げたのは思い出したからだろう。

「お新さんとおそのちゃんが待っていますよ」

「お新、おその……」

宗助はいきなり身を翻《ひるがえ》した。が、すぐにつんのめったようにたたらを踏んで立ち止まった。新八が立ちふさがっていたのだ。

横に逃げようとしたが、栄次郎はすぐにまわり込んだ。

「宗助さん。事情を話してはくれませんか。決して悪いようにはしません」

栄次郎が諭すように言うと、宗助は肩を落とした。

「新八さん、もういいです。あとは私ひとりで」

栄次郎はそう言いながら、宗助に気づかれぬように目顔で訴えた。

怪訝そうだった新八が理解したらしく、

「じゃあ、栄次郎さん。私はこれで」

と、頭を下げた。

「すみませんでした」

永代橋に向かった新八を見送ってから、辺りを見回すと、軒行灯《のきあんどん》が仄《ほの》かな明かりを灯している居酒屋があった。栄次郎はそこに宗助を連れて行った。

店内は幾人かの客がいて、それなりに賑やかだった。向こうの職人体のふたりは大きな声で笑いあい、こっちの年寄りのふたりは静かに語らっている。

宗助は暗い顔で畏《かしこ》まった。

「燗《かん》をつけてください」

栄次郎は、やって来たたすき掛けのほっぺたの赤い娘に酒を頼んだ。

「私はおそのちゃんに約束したんです。必ず、ととさまは帰って来ると」

うっと、宗助は嗚咽《おえつ》をもらした。

ほっぺの赤い娘が酒を持って来た。栄次郎は財布の中身と相談しながら、はんぺんに板わさを頼んだ。

再び娘が去ってから、栄次郎は切り出した。

「駕籠に乗っていたのは大倉屋ですね」

宗助が拳を握りしめた。

「さあ、いきましょう。温まりますよ」

徳利をつまんで、宗助の猪口《ちょこ》に酌をしてやり、それから自分のぶんも注《つ》いだ。

栄次郎は酒に強いほうではないので、ちょっと口をつけただけで、

「先日も、雪の新黒門町で、あなたは大倉屋さんを襲おうとしていましたね」

と、きいた。

「たとえどんな相手でもひとを殺《あや》めたら、宗助さんもおしまいですよ。そうなったら、おかみさんがどんなに悲しむか」

「それでも、あたしは大倉屋を殺《や》らなくちゃならないんです」

苦いものを吐き出すように言い、宗助は酒を呷《あお》った。

「そのわけを聞かせてくれませんか」

「どうして、口出しをするんですね。栄次郎さんとあたしは赤の他人」

「お新さんにも言われました。でも私は、おそのちゃんとの約束を果たさなくてはならないんです」

じっと俯いていた宗助が静かに顔を上げた。

「もう縁を切ったんです。あたしの帰る場所はないんです。それに、理由《わけ》を言ったって、わかってはもらえません」

「わかるか、わからないか、ともかく、大倉屋さんを付け狙う理由をお話しくださ い」

栄次郎は執拗《しつよう》に迫った。

だが、宗助は俯《うつむ》いたままだ。

徳利を持つと、空《から》だった。

「もう少し呑みますか」

栄次郎は言い、板場のほうに顔を向けたとき、がたんと音をさせ、宗助がいきなり外に飛び出した。

あっという間だった。だが、栄次郎はあわてなかった。

勘定を置き、外に出ると、そこにはただ冷たい風が吹いているだけだった。

翌日、栄次郎は下谷車坂町の長屋に入って行った。

お新の家を訪れると、おそのはまたお熊婆さんのところにいるのか、お新がひとり熱心に針仕事をしていた。

「宗助さんは半年ぐらい前から夜、帰りが遅くなったと言ってましたね。その頃、宗助さんに何か変わったことはなかったのですか」

「いえ、特に気がつくようなことはありません」

「なんでもいいんです。どんな些細なことでも」

「そう言えば……」

お新は、壁の一点を見つめていた眼を栄次郎に戻した。

「昔、奉公していたご主人さまが亡くなったと、たいそう悲嘆しておりました」

「奉公とはどこですか」

「うちのひとは今の商売をはじめる前は、お侍さまのお屋敷に奉公していたそうです。お名前は確か」

またも考える仕種《しぐさ》をしてから、

「そう、金谷《かなや》仙太郎さまという御方でした」

「その金谷どのが亡くなってから、宗助さんの様子が変わったというのですね」

「今から思えば、そんな感じがします」

「金谷どのが亡くなられた理由は、なんでしょうか」

「自害だとか」

「自害……」

金谷仙太郎というお屋敷で、何かあったのだ。

「あの、うちのひとは無事でしょうか。なんだか、死んでしまうようで心配なのです」

「どうして、そう思われるのですか」

「最後の晩、あのひとの激しさ……」

またもお新は顔を赤らめた。

「心配いりませんよ。宗助さんは必ず戻ってきます」

栄次郎は励まして家を出た。

春蝶の家に寄ったが、留守だった。もう外に出歩けるようになったようだ。

それから本郷に向かったのは、兄に訊《たず》ねたいことがあったからだ。きょうは兄は非番であった。

旗本や御家人の数は多く、すべての者がお役につくことは出来ない。そこで、交替制になっていて、勤番の多くは二日勤めて一日休むということになっていた。

屋敷に帰り着くと、栄次郎はまっすぐに兄の部屋に行った。

「兄上、ちょっとよろしいでしょうか」

栄次郎は部屋に入った。

「どうしたんだ、栄次郎。こんな時間に帰ってくるなんて」

兄が訝《いぶか》しそうにきいた。

「ちょっとお伺いしたいことがございます」

「なんだ」

兄は厳しい顔つきで、栄次郎を見据《みす》えた。

「金谷仙太郎という御方をご存じでしょうか。半年前ほど前にお亡くなりになったとか」

「金谷仙太郎……」

兄は、はたと気づいたようだった。

「小普請《こぶしん》組の金谷仙太郎どのだな」

旗本、御家人でお役につけない非役という制度があり、旗本を寄合と小普請支配、御家人を小普請組などに編入した。

「自害されたとか」

「さよう。ご新造といっしょに自害した」

「ご新造も」

栄次郎は覚えず問い返す声が高くなった。

「兄上。詳しい事情をお聞かせください」

「私も人伝てに聞いただけだが、金谷どのはご新造が病気になり、その治療のために金貸しの大倉屋から借りていた金が返せずに、自害したそうだ」

「大倉屋？」

「すでに札差から借りられるだけ借りていて相手にしてもらえず、やむなく大倉屋から借りたのがいけなかった。利子は高く、返済期限が過ぎると、取立ての連中が屋敷にまで押しかけて、金を返せの連呼。それが毎日のように続き、とうとういたたまれずに腹を切ったということだ」

「なんと」

栄次郎は顔を歪めた。

兄も苦渋に満ちた顔をしているのは、他人事《ひとごと》ではないからだ。

金谷仙太郎は四十二歳、ご新造は三十七歳だったという。子どももなく、貧しい家には養子の来手《きて》もいなかったのだろう。

「栄次郎。そのことがいかがした？」

「いえ。たまたま金谷さまのことを、小耳にはさんだもので……」

栄次郎が引き下がろうとしたとき、

「どうも不思議なことがある」

と、兄が腕組みをした。

「どうかなさいましたか」

「うむ。母上のことだ」

「母上が何か」

「今度、父上が生前世話になった御方に会いに行くのに、栄次郎を連れて行くと仰《おつしや》っているのだ」

「兄上でなく、私を、ですか」

「うむ。もし、そなたの見合いであれば、私に隠す必要はないと思うのだが」

「そうですね。それより、ちょっとついでにお伺いしたいのですが、壊れていた板塀がきれいに修繕されていました。我が家は二百石をもらっているようですが、兄上の職務上の物入りもたいへんだと思われますのに、暮らし向きで困った様子がありません。なぜ、なんでしょうか」

「それは私も不思議に思っておった。おそらく、母の実家からの援助があるのであろう」

「実家からですか」

そう言われればそんな気もするが、母の実家とて幕府勘定衆を勤めているが、それほどの俸給をもらっているわけではないのだ。

もっとも、矢内家は余裕があるといっても、それほどな裕福な暮らしをしているわけではない。

翌日、浅草黒船町の家に行くと、お秋の表情が厳しく、どこか不機嫌そうに思えた。

「どうしたのですか」

栄次郎は心配してきいた。

「まったくうちの旦那って、けちだわ。簪《かんざし》のひとつでも買ってくれてもいいでしょう」

「ゆうべ、喧嘩したのですね」

「付け届けをたくさんもらっているくせして、自分が出すのはいやなのだから。ほんとに、別れたいわ。ちょうどいいわ。くしゃくしゃしていたから、ねえ、栄次郎さん。お酒呑みましょう」

「いえ。それは……。それより、私に客がなかったでしょうか」

「そうそう、新八さんがやって来ましたよ。これを渡してくれって」

帯の間から紙切れを出した。

走り書きの文に、「北森下にある藤兵衛店《とうべえだな》」と書かれてあった。

「おや、栄次郎さん。もう行ってしまうの」

お秋が未練たらしい声を出した。

「ええ」

「なんだ、じゃあ、帰りに寄ってくださいよ」

「時間がありましたら」

栄次郎は腰を暖める間もなく出て行った。

「必ずですよ」

お秋の声が届く。

それから一刻（二時間）後、北森下町の藤兵衛店に入って行くと、洗濯している長屋の女房連中と新八がしゃがんで話し込んでいた。

こういったところが新八のすごいところだ。持ち前の人懐っこさで、すぐに他人と打ち解けてしまう。

栄次郎に気づいて、新八はつと立ち上がり、

「一番奥です」

と、教えた。

栄次郎はまっすぐそこに向かった。

「ごめん」

栄次郎は腰高障子を開けた。

薄暗い土間に筵《むしろ》を敷いて、ちんまりした年寄りが背を丸めて鍋の修繕をしていた。

「失礼ですが、ゆうべこちらに宗助さんが泊まりましたか」

年寄りがゆっくり顔を上げた。眉も白く、無精髭も白いものが混じっていた。

年寄りは目をしょぼつかせ、

「あなたさまは？」

「矢内栄次郎と申します。宗助さんの知り合いです」

「宗助なら、今朝早く出て行きましたよ」

「出て行った？　失礼ですが、宗助さんとはどういう知り合いなんでしょうか」

「昔、同じところで働いていた仲で」

「じゃあ、金谷仙太郎どののお屋敷」

「そうです。あたしは下働きをしていました」

「では、金谷どのが自害したことをご存じですね」

年寄りは大きく頷いた。

「宗助さんが何をしようとしているのか、わかりますか」

「あいつは義理堅い男だ。金谷の旦那さまに世話になったことを、未《いま》だに忘れないでいるんです」

「引き止めなかったんですか」

「宗助は十四歳のときに金谷さまに拾われたんです。以来、十年以上も奉公をしてきたんですよ。旦那さまもご新造さまもやさしいご主人でした。でも、今の世は商人がのさばってきて、武士は取り残されていくんです。金谷家も貧苦にあえぎ、とうとう奉公人を置いておけなくなってしまいました。五年前、次々にお暇を出されたんです」

辞めるとき、金のないにも拘《かか》わらず、宗助は五両という金を餞別にもらったという。

「それはご新造さんの大切なものを売って作ったお金だ」

年寄りは目を細めた。

「宗助が金谷家の不幸を知ったのは、半年前だそうです。小間物の行商で赴《おもむ》いた先が、金谷家に出入りをしていた八百屋だった。そこの内儀から旦那さまとご新造さまが自害をしたって聞いたそうです。宗助はそれからあたしのところに訪ねてきて、泣いていました。なにしろ、宗助にとっては旦那さまは恩人でしたからね」

「恩人？」

「はい。金谷さまに拾われる前、宗助は病気の母親を抱えて、子どもながらに棒手振《ぼてふ》りの商売をしたりして暮らしていたんです。父親は早くに死んで、母子ふたりで。だが、宗助の稼ぎはたかが知れています。母親に栄養のあるものを食べさせたい。その思いが高じて、宗助はある商家の店先に置いてあった別のお客の代金をかっさらってしまったんです。でも、すぐ手代たちに捕まってしまいました。ごめんなさいと泣き叫んでいるときに、たまたま通り掛かったのが金谷さまでした」

栄次郎は胸の詰まる思いで聞いていた。

「金谷さまは商家に詫びを入れ、奉行所に突き出すというのをなだめ、宗助を助け出したそうです。それから、宗助を奉公人に加え、母親もお屋敷に引き取って、宗助といっしょに暮らせるようにしたってことです。母親はそれから二年後に亡くなりましたが、立派なお弔《とむら》いが出せたのも旦那さまのおかげだと、宗助が言っていました。曲がりなりにも所帯を持ち、子どもを持つことが出来るようになったのは、旦那さまやご新造さまのおかげ。無念を晴らしてあげられるのは自分しかいないと、宗助は思ったんですよ。俺だって、若けりゃ、いっしょになって敵討ちをしたいのですよ」

「宗助さんの気持ちはよくわかりました。でも、宗助さんにはおかみさんと子どもがいます。そこまでして、敵討ちをしなきゃならないんでしょうか」

「だから、宗助は敵討ちを決心してから毎晩遅くまで働いたんです。昼間は小間物の行商。夜は夜泣きそばや他に金になることならなんでもやって五両の金を作ったんだ。あとに残ったおかみさんや子どもの暮らしが少しでも立ち行くように」

　年寄りはふと息継ぎをし、

「だから、止めても無駄ですよ。お侍さんは宗助を思い止《とど》まらせようとしているのかもしれませんが、無駄です。おかみさんや子どもを捨ててまで恩誼に報いようとする男に何を言っても駄目です」

「ごもっともです」

栄次郎は素直に認めた。

「それでも、止めなければなりません」

「無理です。好きなようにさせてやるのがいいんです」

鋳掛《いか》け屋の年寄りは分別顔で言うが、栄次郎は納得したわけではない。

「ひとつだけ、止めさせる方法があります」

年寄りが皮肉そうに口許《くちもと》を歪めて言った。

「なんでしょうか」

「お役人に訴えるんですよ。でも、そうすると、宗助はお縄になる。どっちみち、おかみさんや子どもを泣かすことに変わりはない」

「宗助さんが行きそうな場所に、心当たりがありませんか」

「さあ」

年寄りは頸《くび》を振った。

外に出ると、新八が待っていた。

「宗助さんは？」

「今朝、早く出て行ってしまったそうです」

「なんですって。ちくしょう。そこまで手がまわらなかった」

「仕方ありません。どうせ、大倉屋を張っていれば現れるでしょうから」

栄次郎は歩きはじめたが、ふと思いついたことがあった。

「新八さん。はじめて宗助さんを見つけたとき、大倉屋から出て来た遊び人ふうの男、あのあとをつけ、宗助さんを見つけたのでしたね」

「ええ、そうですが」

「なるほど」

栄次郎は自分で合点した。

「なんですね」

「先日の永代橋の前でのことですが、あの駕籠の周囲に浪人者がいました。気がつきませんでしたか」

「浪人者ですか。いえ」

駕籠を襲おうとして飛び出した宗助を引き止めようとしたとき、駕籠の周囲に影を見た。あれは浪人者のようだった。偶然に出くわしたのかとも思ったが、今から思えばあれは偶然ではない。

「あの夜、宗助さんはまっすぐに仲町の料理屋に向かいましたね。大倉屋の予定を知っていたんです」

「調べていたんでしょうね」

「どうやって調べたんでしょうか」

「そりゃ……」

言いかけて、新八は言葉を呑んだ。

「宗助さんが大倉屋の内部事情に詳しい人間から聞いたんだとしたら、どうやってそんな人間と伝《つて》を持ったのでしょうか」

「栄次郎さん。どういうことですか」

「誰か宗助さんに知らせているんですよ。だから、宗助さんは大倉屋の行き先がわかっている」

「そいつはどうして大倉屋の予定を知っているんですね」

「大倉屋から指図を受けて、宗助さんに教えているんですよ。つまり、大倉屋は宗助さんを罠にかけようとしているのに違いありません」

「その男ってのが、あの遊び人ってわけか」

合点がいったように、新八は頷いた。

「おそらく、あの遊び人も元は金谷どののお屋敷に奉公していたか、出入りしていた者に違いありません。今の年寄りに確かめてきます」

栄次郎は鋳掛け屋の年寄りのところに戻った。

五

例年十二月十三日は煤《すす》払いの定日《ていじつ》で、この日は旗本から御家人の屋敷で大掃除が行われ、栄次郎も手伝わされた。

午後になって抜け出し、下谷の稲荷社の裏手にある長屋に行った。そこに新八が張っていたが、源助は長屋にいなかった。

源助が協力してくれていると、宗助は鋳掛け屋の年寄りに話していたのだ。源助は金谷の屋敷に出入りをしていた小間物屋だったらしい。その関係で、宗助も小間物の仕事をするようになったと、年寄りが話していた。

その源助が戻ってきたのは翌日の朝だった。

この日は深川八幡宮の歳の市で、いよいよ押し迫ってきたという感じがする。

栄次郎が朝早くから張っていたところに、眠そうな顔で源助が帰って来た。おそらく大倉屋から手に入れた金で岡場所にでもしけこんでいたのだろう。

「源助さんだね」

栄次郎が一歩踏み出すと、目を細め、

「何なんですかえ、こんな朝っぱらから」

と、すごんでみせた。

「宗助さんのことできさたい」

「なんだと？」

「大倉屋と手を組んで、宗助さんを罠にはめようとしているだろう。隠しても無駄だ。もう何もかもわかっているんだ」

栄次郎は源助の目を真っ直ぐに見た。こういうときの栄次郎の眼光は鋭くなる。

「何を言っているのかわかりませんねえ。俺は眠いんだ。どいてくださいな」

目を逸らし、男が素通りしようとするのに、栄次郎は立ちふさがった。

「今度はどこで罠をかけた？」

栄次郎は一歩前に踏み出した。

「何をする」

源助が栄次郎の気迫に圧倒されたように後退《あとじさ》った。

「言ってもらわないと困る。痛い目に遭《あ》わせてでも聞き出す。まず腕の骨を折るか」

そう言うや否《いな》や、源助の腕を摑んでねじ上げた。

「痛い。何をするんだ」

「大きな声を出すと、皆が飛び出して来る」

「痛てえ。言うから離し、離してくれ」

「よし」

栄次郎が手を離すと、大仰に手を振って痛がった。

「さあ、どこだ」

「ちょっと待てくれ。手の痛みが引いてからだ」

そう言って、源助がうずくまったが、栄次郎には源助の腹が見え見えだ。

「匕首で襲い掛かろうとしても無駄だ。そんなことをしたら、ほんとうに容赦はしない。こっちも刀を抜く」

栄次郎が柄《つか》をとんと叩くと、源助は飛び上がった。

「さあ、源助さん。素直に言うか、腕の一本、いや足も一本……」

「言う、言うから待ってくれ」

源助はあえぎながら、

「橋場の大倉屋の妾の家だ。福寿院の近くだと言っていた」

するか。


「嘘ではないな」

「もちろんだ」

「よし。いいか、今度宗助さんに逢ったら詫びるんだ。そうでなければ、今度こそおまえの腕を一本斬り落とす」

竦《すく》み上がった源助を残し、栄次郎は浅草黒船町に向かった。

お秋の家に行き、栄次郎は二階に上がった。

手焙《てあぶ》りに手をかざして、栄次郎は思案した。宗助の説得は無理だろう。では、どうするか。

栄次郎は刀を持って立ち上がった。

梯子段を下り、

「庭をお借りします」

と、お秋に断り、栄次郎は庭に出た。

凍てつく空気が全身を包む。庭のすぐ向こうは土手だ。土手下の冬木立が西陽を受けている。

栄次郎は刀を腰に差し、冬木立に向かって立った。

ゆっくり腰をおろし、右膝を立て、左膝を曲げた姿勢、いわゆる居合腰になって柄に右手をかけ、左手で静かに鯉口を切った。

　腰を上げながら左手を鯉口に当てたまま鞘を後ろに引き、栄次郎は抜刀し、鞘を離れる瞬間に刀を水平にし、すぐに左手を柄に移しながら上段に構えて、右足を踏み込みながら刀を振り下ろす。

　切っ先を途中でぴたっと止め、直《ただ》ちに左手を柄から離して左腰に移す間に、右手の刀を大きくまわして再び頭上に構え、今度は刀を袈裟《けさ》に振り下ろす。そして、腰を落としながら、静かに刀を鞘に納めた。

　再び、栄次郎は居合腰から刀を鞘走らせて、直ちに上段から振り下ろすという一連の動きを繰り返した。

　陽が翳《かげ》ってきて、栄次郎の額に汗がうっすらと滲《にじ》んでいた。

　ようやく、刀を鞘に納めて深呼吸をしたとき、ひとの気配に振り向いた。

　濡れ縁に、新八とおゆうが立っていた。

「いつからいたのですか」

「半刻（一時間）近く」

　おゆうが喉にひっかかったような声を出した。

「私はちょっと前です。そしたら、おゆうさんが食い入るように栄次郎さんのことを見つめていました」

「だって、栄次郎さんが刀を振り回す姿をはじめて見たんですもの」

「振り回すですか。こいつはいいや」

新八は笑ったが、すぐに真顔《まがお》になって、

「源助はどうでした？」

「今夜、大倉屋は橋場《はしば》の妾の家に宗助さんを誘《おび》き出すようです」

「橋場ですか。で、どうするんですか」

新八がきく。

「ねえ、なんのこと？」

おゆうが口をはさんできた。

「いや、こっちの話ですよ」

新八がとぼける。

「まあ、私を仲間外れに」

おゆうが小さな口許を歪めた。

「新八さん。大倉屋に子どもはいましたか」

「ええ。娘がふたり。十八と十六歳です。それが何か」

「部屋に行きましょう」

栄次郎は勇んで濡れ縁から廊下に上がった。

その夜、栄次郎は橋場の大倉屋の妾の家を見通せる場所にいた。背後に浅茅ヶ原《あさじがはら》が広がっている。

どこかに、宗助が来ているはずだ。

底冷えがする。また小雪が舞ってきた。

(いったい私は何をやっているのだろう)

栄次郎は自分でも呆《あき》れる思いがしないでもない。だが、あのおそのの顔を思い出せば、ここまでやるしかないのだ。

おそらく亡き父も同じことをしたに違いない。

父は栄次郎を可愛がってくれた。非番の日はたいがい父は、栄次郎を連れてどこかへ出かけた。釣りであったり、花見であったり、神社仏閣だったり、いろいろだった。

あれは父と木母寺《もくぼじ》の梅若忌《うめわかき》に行った帰りだった。向島《むこうじま》の土手を歩いていると、若い男女が喧嘩をしていた。女のほうが泣いていた。

何を思ったのか、栄次郎を近くの茶店に待たせ、父はふたりのところに飛んで行き、男を木陰に引っ張って行って何事か話し、今度は女のほうに行って何事か話し、そんなことを何度か繰り返してから、今度はふたりをいっしょにして、何かをこんこんと話していた。

最後はふたりとも笑顔で仲良く父に礼を言って去って行った。この間、半刻（一時間）以上は経っていたと思う。

知り合いだったのですか、と栄次郎が問うと、父は知らない人間だと答えた。

「私はどうも悲しそうな顔を見るのが辛くてな。他人でもうれしそうな顔を見ると、こっちまでうれしくなるのだ」

父が、他人からお節介焼きの矢内さん、と言われていることを知ったのは、それからしばらくしてからだった。

駕籠がやって来て、格子戸の家の前に止まった。出て来たのは大倉屋だ。

大倉屋が家に入った。

それから四半刻（三十分）を過ぎた頃、黒い影がすすっとその家の裏手の塀に近づいた。

あっと、栄次郎は素早く飛び出した。

あっと、宗助が叫んだ。

「どうしてここが……」

宗助は栄次郎を見て狼狽していたが、

「頼みます。見逃してください。じつは大倉屋はお世話になったご主人さまの仇なんだ。あたしはご主人さまの無念を晴らしてやりたいのです。仇を討ったら逃げも隠れもしません。自首して出るつもりです。頼みます。この通りだ」

押し殺した声で訴えて、宗助は頭を深々と下げた。

「ご主人は小普請組金谷仙太郎さまですね」

「どうしてそいつを？」

「調べさせてもらいました。面識はありませんが、同じ御家人として、その無念は私にもわかります。宗助さんのご主人思いの気持ちに私も打たれたんです。今宵は邪魔をしませんよ。私にもお手伝いさせてください」

「えっ」

宗助が驚いている間に、栄次郎は懐から手拭いを取り出して頰被りをした。

「ほんきで？」

金谷仙太郎が宗助母子を助けた話を聞いたとき、栄次郎は金谷仙太郎も父のようなひとだったのだろうと思った。だから、よけいに宗助の心情が胸を打つのだ。

「この家に用心棒のいる可能性もあります。ひとりよりふたりのほうがいい」

「この通りです」

宗助が深々と頭を下げた。

「さあ、行きましょう」

裏口の戸を押すと、案の定、錠は掛かっていなかった。誘《おび》き入れるために、はじめから開けてあったのだ。

庭に入ると、植込みの向こうに灯が見えた。雪見障子から明かりが見える。縁側にまわると、少し雨戸が開いていた。これも誘い込むための小細工だろう。栄次郎は、静かに雨戸をさらに開いた。障子の向こうに影が映っている。その姿は大倉屋のように思えた。

栄次郎は廊下に上がり、草履をとって懐にしまった。宗助も静かに上がった。

ふたりは目配せをし、同時に障子を開いた。

そこに、床の間を背に大倉屋がひとり端然と座っていた。

「おや、今宵は仲間を連れて来たのかね、宗助さん」

「なに」

宗助は飛び上がらんばかりに驚いた。

「どうして、私のことを？」

「源助ですよ」

栄次郎は宗助に言う。

「源助は宗助さんが大倉屋さんに復讐することを教えたのですよ。金目当てにね。それで、大倉屋さんは宗助さんに罠を仕掛けて待ち伏せていた。そうですね、大倉屋さん」

「ちくしょう」

宗助が歯嚙みをした。

「大倉屋さん。宗助さんがなぜ大倉屋さんを狙うか、知っているんですね」

「私を恨むなどというのは、お門《かど》違いもいいところ。金谷さまはご自分で死を選ばれたのです」

「おまえがしつっこく金の催促をしたからだ」

「貸したお金を返してもらうのは当然のこと。お金を返さないほうが悪いのです」

「しかし、利息が五割近いというのはあくどくはないか」

栄次郎が言うと、大倉屋は口許に冷笑を浮かべた。

「金谷さまがそれでもよいというので、お貸ししたのです。札差からも見放され、質屋に入れるものがない。そんな金谷さまにお金を融通してやったのですから、私は感謝されこそすれ恨まれることはありませんよ」

「なんだと」

宗助が懐に手を突っ込んだ。

「そんな逼迫した金谷さまに、なぜお金を貸したのだ？　返済出来ない可能性が高いとは思わなかったのか」

「金谷さまには最後の手段はございました。ご新造さんが身売りをされれば……」

「大倉屋。許せねえ」

宗助が匕首を抜いた。

大倉屋の目が鈍く光った。

「ご自害などされて、私のほうが被害者です」

「大倉屋さん。あなたには人間の情というものがないのか」

「商売に情は不要です」

そう言ったあとで、大倉屋は手をぽんと叩いた。

すると、横の襖が開いて、三人の男が現れた。ひとりは髭もじゃの大柄な浪人で、あとのふたりは細い目の吊り上がった残虐そうな顔の男と、頬に刀傷のある男だ。

「宗助さん。私の後ろに」

宗助をかばい、栄次郎は大倉屋と入れ代わるようにして部屋に入って来た三人と対峙した。

まず目の吊り上がった男が匕首をひょいと持ち直して、上から襲い掛かった。栄次郎は体を横に開いて匕首をかわし、と同時に相手の手首を摑んで腰を落として投げを打った。

男は一回転して背中から畳に落ちた。転がった匕首を、栄次郎は素早く蹴って廊下に出した。

「野郎」

頰に刀傷のある男が、馴れた手付きで匕首をひょいと突き出した。栄次郎がかわすと、すぐに引っ込め、またひょいと突き出す。素早い動きだが、栄次郎は相手が匕首を引く瞬間をとらえ、相手の胸元に飛び込み、胸ぐらを摑んで腰投げを打った。

目の吊り上がった男がすでに立ち上がっていて、栄次郎の腰を目掛けてしがみついてきた。それを体をひねって振り払い、足蹴りで相手の脾腹《ひばら》を蹴った。

男は畳の上をのたうちまわった。

髭もじゃの浪人が前に出た。

「大倉屋」

浪人は栄次郎を睨み付けながら、背後にいる大倉屋に怒鳴った。

「話が違うな。狙いはひとりだと言っていたではないか」

「旦那。金を倍にする。やってくれ」

「いや、止《や》めた。金の問題じゃない」

浪人は栄次郎を睨み付けてから、すぐに身を翻して部屋を出て行ってしまった。いつの間にか、ふたりのごろつきも逃げ出していた。

栄次郎は行灯を持って大倉屋のいる座敷の敷居を跨《また》いだ。明かりに映し出された大倉屋は、さきほどの強気から一転して顔を強張らせていた。

宗助が匕首を持って迫ると、大倉屋は必死の形相で、

「私を殺したら、おまえだって死罪だ」

と、最後のあがきを見せた。

「承知の上ですぜ。おまえを殺して、私も死ぬつもりだ」

「待ってくれ」

大倉屋がのけぞって叫んだ。

「助けてくれ。金ならやる」

「金なんかもらったって旦那さまたちは帰っちゃこない。おふたりの怨みのこもった

刃を受けるんだ」

　宗助が匕首を振りかざしたとき、

「待ってください」

と、若い女が駆け込んで来た。

　大倉屋をかばうように、宗助の前に座り込んで、

「お願いです。父を許してください」

と、哀願した。

「おまえは……」

　大倉屋が不思議そうに叫んだ。

「もう二度と、父にはあくどい商売をさせません。どうぞお許しを」

　女が訴える。

「お嬢さん。おまえさんには関係ない」

　思いがけぬ事態にめんくらったように、宗助は顔をしかめた。

「どうしても許せないとおっしゃるなら、どうか私の命をとってくださいませ。こんな父でも、私には大事なお父っつぁんなんです」

　匕首を構えた宗助の手が震えていた。

「宗助さん。どうしますか」

栄次郎が口をはさんだ。

「もし、ここにお新さんやおそのちゃんがいたら、この娘さんと同じように宗助さんを引き止めるでしょう」

宗助の顔が苦しげに歪んだ。

「宗助さん。それでも殺るというのなら、お嬢さんもいっしょに殺るんです。そうじゃないと、お嬢さんは自害する」

「なんてこった」

宗助の手が静かに下におりた。

「宗助さんはさっき、金なんかもらったって旦那さまは帰ってこないと言いました。大倉屋を殺ったところで、おふたりは戻ってはきませんよ。それより」

栄次郎は宗助の傍に行き、

「もし、大倉屋を殺れば、大倉屋さんの家族も、宗助さんの家族も、同時に悲しませることになります。そんなことになって、あの世にいる金谷さまはお喜びになると思いますか」

と言い、宗助の匕首をとった。

「親にとって子どもは掛け替えのないもの。また、子どもにとっても親は掛け替えがないのです」

　自分が父親にいかに慈しまれて育ってきたか。そのことを、栄次郎は知っている。だから、親子の情については身に沁みてわかるのだ。

「栄次郎さん」

　宗助の肩が落ちた。

「宗助さんのその気持ちだけで、きっと金谷さまはあの世で喜んでおりますよ」

　栄次郎は次に大倉屋の傍に寄り、

「大倉屋さん。もし、娘さんが現れなかったら、大倉屋さんは殺されていたでしょう。あなたはいったん死んだのです。これからは、娘さんに恥じないような生き方、商売をしてください。それが金谷さまへのせめてもの供養です」

　大倉屋はうなだれている。

「大倉屋さん。娘さんの頼みだから助けたんだ。私にも小さな娘がいるんだ。だが、ひとつだけ条件がある」

　宗助が言うと、大倉屋は顔を上げた。

「金谷さまの墓前で謝ってもらいたい。それだけだ」

「宗助さん。すぐに長屋に帰ってください。お新さんとおそのちゃんが待っていますよ」

栄次郎は急《せ》かした。

「栄次郎さん。この通りです」

宗助が頭を下げた。

「さあ、早く。明日は羽子板市。今から帰れば間に合いますよ」

宗助は矢のように飛んで帰った。

栄次郎は大倉屋の前に立った。

「大倉屋さん。助かった命です。大倉屋さんにはふたりの娘さんがいるそうですね。恥じないような商売をしてください」

大倉屋は畳に両手をついて肩を落とした。

「おゆうさん。見事だった」

「栄次郎さんに頼まれたときは驚いたけれど、結構楽しいものね」

おゆうは笑い、

「栄次郎さん。約束よ。明日の羽子板市。それと、向島の雪見」

「向島の雪見？」

そこまで約束したかと栄次郎は口に出かかったが、おゆうはすっかりその気でいる。宗助を助けることが出来たのも、おゆうの一芝居のおかげだし、栄次郎も向島の雪見にも心が動いた。

翌日、惣右衛門長屋に春蝶を訪ねると、木戸際でまた露地から飛び出して来た男とぶつかりそうになった。

「あっ、音吉さん。どうしました?」

「わからねえ。俺にはわからねえ」

そう言いながら、音吉が駆け出して行った。

栄次郎は春蝶の家に急いだ。

春蝶は部屋の真ん中で悄然《しようぜん》としていた。

「春蝶さん。何かあったのですか。今、そこで音吉さんに会いました。泣いていました」

そう言ったあとで、栄次郎ははっとした。

春蝶も泣いていたのだ。

「栄次郎さん。あいつはこれからの人間だ。いつまでも俺の世話をさせておくわけにはいかない」

「じゃあ、音吉さんは富士松派に……」

先日、富士松派で同門だった男が春蝶を訪ねて来たのを思い出した。

「そうです。私と縁を切れば音吉だけは許してやると、家元が言っていたそうで。音吉は、そんなことを一言も言いませんでした。あの男が来たのはそのことだったんです」

「じゃあ、春蝶さんは音吉さんのためにわざと破門を」

「ああ。おまえの芸はまだ未熟だ。家元のところでもっと修業をしてこいとね。ほんとうは私が教えられるものはない。このまま私といっしょにいても芸が陰気になっちまう」

栄次郎は何も言えなかった。

「これでよかったんだ」

「春蝶さんはこれからどうするんです?」

「旅に出ます」

「旅に?」

「加賀の国に、宮古《みやこ》太夫という名人がいるそうだ。そのひとに会って来たいんです」

落ち窪んだ目が鈍く光った。

「そうですか。寂しくなりますね」

「なあに、また帰って来ますよ」

「ええ」

　そのとき、隣りから笑い声が聞こえた。

「栄次郎さんのおかげで隣りに一足早く春が来たようです。私も心おきなく旅立てる」

　栄次郎は旅先の春蝶の姿を思い浮かべた。旅先で死んでも本望だと、春蝶の目は笑っていた。

第二話　娘道成寺《むすめどうじょうじ》

一

正月の七日は七草粥《ななくさがゆ》の日だが、この日、札差大和《やまと》屋の屋敷で踊りの会が開かれるのが恒例となっていた。

大和屋庄左衛門《しょうざえもん》は自分の家に舞台を設《しつら》えている。月に一度、素人芝居を楽しむほどの芝居好きで、その際には町の衆も庭に引き入れて観劇させるのだ。そんな贅沢が出来るのだから、いかに札差が繁盛し儲けているのかがわかる。

芝居の合間に踊りが入る。踊り手は吉原、湯島、柳橋《やなぎばし》、日本橋などから芸者が参加をしている。

矢内栄次郎は舞台の後ろで横一列に並ぶ地方《じかた》の中に三味線を抱えていた。踊りをする者を立方《たちかた》といい、唄や三味線など伴奏を受け持つひとを地方という。三味線の他に鳴り物、すなわち笛や太鼓が入っている。

栄次郎は脇《わき》三味線を受け持っている。居並ぶ中で首座を勤めるひとを立《たて》といい、それに対するのが脇である。立三味線は兄弟子の杵屋吉次郎、立唄は浄瑠璃の師匠杵屋吉右衛門である。

内庭に敷かれた緋毛氈《ひもうせん》の色がわからないほどに、見物客で埋まっている。ただで踊りを見物出来るというので、町人たちも遠くからやって来ていた。そして、その向こうの座敷の中央に大和屋庄左衛門や家族、親戚、知人、そして招待客が並んでいる。

吉原の芸者が演じ終わったあと、柳橋の美代吉《みよきち》の出番になった。

出し物は『京鹿子《きょうかのこ》娘道成寺』で、設定を能の『道成寺』から借りており、最初は「謡《うたい》がかり」で、謡すなわち謡曲が入る。

花の外には松ばかり、花の外には松ばかり
暮れそめて鐘や響くらん

次に三下《さんさが》りの三味線が入る。三味線の三の糸を一音下げるのだが、三下りは軽快な感を与える。

鐘《かね》に恨《うら》みは数々ござる……
初夜の鐘を撞《つ》くときは、諸行無常《しょぎょうむじょう》と響くなり……

栄次郎は美代吉の踊りを目に入れながら、師匠の声を聞き、兄弟子の立三味線に合わせていく。

美代吉は引き抜きで、赤の衣装から浅黄《あさぎ》色に変わり、「毬《まり》唄」へと変わる。滑《なめ》らかで流れるような美代吉の動きだ。

恋の分里武士《わけざとぶし》も道具を伏編笠《ふせあみがさ》で
張と意気地の吉原、
花の都は歌でやはらぐ敷島《しきしま》原に
勤めする身は誰と伏見の墨染……

江戸の吉原から京の島原、伏見の墨染。さらには撞木《しゅもく》町、難波《なんば》四筋《よすじ》、奈良の木辻《きつじ》、播磨《はりま》の室《むろ》の津《つ》、長門《ながと》の下関、長崎の丸山と、名の知れた色里の名が盛り込まれている。

その唄に合わせて美代吉が毬をつく仕種《しぐさ》で舞っている。三味線も早い拍子、いわゆる早間《はやま》で弾いており、踊りもにぎやかになる。

両手で交互に毬をつく。やわらかい手の動き、腰を落としての軽やかな動き。観客も美代吉の踊りに見入っていた。

庭に新たな客が現れたのが目の端に入った。茶の格子の着物を着た男だ。

遠目だが、痩せて頬骨が張っている。立ったまま舞台を見つめる。と、そのとき、一瞬だが、美代吉の手と体の動きがずれたような気がした。ほんの僅かに間が遅れたようだ。

だが、栄次郎の錯覚だと思うほど、その後の美代吉には少しの乱れもなく、踊り終えた。

幕が閉まってから、栄次郎は気になって美代吉の様子を窺《うかが》った。心なしか、顔が青ざめているように思えた。

その後、湯島の芸者の踊りがあって、踊りの部の幕が閉じた。

楽屋として使われている座敷に戻ると、立三味線の杵屋吉次郎が栄次郎を呼んだ。

杵屋吉次郎は本名を坂本東次郎といい、栄次郎と同じこれも武士だった。違うのは旗本の次男坊らしいということだ。

「栄次郎。美代吉の踊りのとき、一カ所だけ、間《ま》が狂ったな」

兄弟子の吉次郎が指摘した。間、すなわち拍子が崩れたのだ。

「えっ。どこでしょうか」

「毬唄のところだ。いいか、ここだ。煩悩菩提《ぼんのうぼだい》の撞木町より難波四筋に通い木辻に禿《かむろ》だちから室の早咲き、それがほんに、色じゃ、ひい、ふう、み、よ……」

口ずさみながら三味線を弾く格好をして、

「夜露雪の日、下の関路も、共にこの身を馴染み重ねて、仲は丸山。そう、ここの下の関路も、共にこの身のところだ。この身を馴染み重ねてに入る間が僅かに狂った。半間、遅れた」

あっと、栄次郎は気がついた。その直前、まさに美代吉の踊りの間が、僅かに狂ったのだ。自分で気づかないうちに、美代吉に気をとられ、半間が遅れた。一拍子の半分だからほんとうに僅かな間だ。だが、遅れたことに言い訳は出来ない。半間遅れたこともそうだが、それよりそのことに気づかなかった自分が恥ずかしかった。

「申し訳ありません」

栄次郎は恥じ入るように頭を下げた。

「いや。たいした失敗じゃない。大勢いるなかで、そのことに気づいたのは何人もいないだろう。ただ師匠には詫びを入れてこい」

「はい」

栄次郎は化粧前で茶を飲んでいた師匠の杵屋吉右衛門の前に行き、

「師匠。つまらない間違いをして申し訳ありませんでした」

と、詫びを入れた。

「なあに、些細なことだ。唄と立三味線を壊すような失敗じゃない。気にしなさんな。ただ、不思議なことがある」

師匠は訝《いぶか》った。

「なんでしょうか」

「あの箇所で、美代吉も間を遅らせたんだ。同じような箇所で、立方（踊り）と糸（三味線）が間を外すとは不思議だと思ってな。そんな難しいところでもないのに」

「はい」

やはり、師匠は美代吉の動揺に気づいていた。だが、客席に現れた男のことには思いは向いていないようだった。

二

その夜のことだ。春とはいえ、夜になると隅田川から吹きつける風は冷たい。

喜助《きすけ》が川岸に下りて行くと、月明かりに常次《つねじ》の姿があった。喜助は覚えず身を固くして近づいた。

「常次。久しぶりだな」

喜助の声が震えを帯びていた。

「喜助じいさんも達者でなによりだ。じいさん、いくつになったんだね」

「今年で五十一よ。そういうおまえは？」

「二十七だ。あれから五年だ。あんときは、まだ二十二だったんだ」

常次が口許を歪めた。

顔は浅黒く、眼窩が落ち窪み、頬骨が突き出ている。あの頃はもっとふっくらとしていた。だが、太くて短い眉は五年前と少しも変わっていなかった。

「なぜ、今頃戻ってきたんだ」

「知れたことよ。約束だったからな」

「約束だと？」

　喜助は顔を曇らせた。

「そうよ。じいさんも忘れたわけじゃあるまい」

　常次は笑った。

「この五年、おめえはどこにいたんだ？」

「旅芝居の一座にもぐり込んで関所を抜け、三島宿に行った。そこの口入れ屋から旅《はた》籠《ご》の下働きの仕事を世話してもらった」

「五年間、そこで辛抱していたが、とうといやになったってわけか」

「江戸を逃げた男がまっとうな仕事につけるわけはねえ」

「だったら、なぜそのまま三島で暮らそうとしなかったんだ。江戸は危ないとは思わなかったのか。捕まったら獄門だ」

「その危険を冒《おか》してまでも、俺には約束が大事だったってわけだ。じいさん、お美津《みつ》に会わせてくれ」

「お美津のことは諦めろ」

「なんだと」

　常次が顔色を変えた。

「ふざけるな。俺がなんで江戸を追われる羽目になったと思うんだ。お美津のおやじとの約束があるからだ」

「お美津のおやじさんは、おまえが江戸を離れた半年後に亡くなったんだ」

「亡くなったのか」

一瞬、表情を曇らせたが、すぐに肩を怒らせ、

「だが、俺との約束は死んじゃいないぜ」

と、常次が力んで見せた。

「いいか、常次。そんな約束なんてしちゃいない。おめえが勝手に思い込んだだけだ」

「なんだと」

「お美津はな、今度ある所に嫁に行くことになったのだ。おまえの出番なんて、最初からありはしなかった」

「冗談じゃねえ。誰だ、嫁入り先は?」

「おまえに言う必要はない」

「なんだと。じゃあ、俺の五年間はなんだったんだ」

いきなり、常次が喜助の首を絞めてきた。

「よせ、常次。苦しい」

「うるせえ。誰なんだ、言え」

「俺は知らない」

「知らねえわけはねえ。言うんだ」

喜助が顔を歪めてもがいている。

「待て、言うから。待て」

やっと、常次が首の手を緩めた。

「誰だ?」

「明日まで待ってくれ。明日の夜、もう一度、ここに来てくれ」

「明日の夜だと。ふざけるな」

「わかった。じゃあ、明日の昼だ。もう一度ここで会おう。そんときまでにお美津の気持ちも確かめておく。それまではおとなしくしておいてくれ。なあ、頼む」

喜助は必死に言った。

「よし。明日まで待とう。もし、違《たが》えやがったら、どうなるかわかっているな。お美津に裏切られたら、もう俺は昔の罪で獄門になっても構わねえんだ。それぐらいの気持ちだ。覚えておけ」

「わかった」

喜助は首をさすりながら言う。

「じいさん。明日の昼だ。いいな」

念を押してから、常次は辺りを窺《うかが》うようにして暗闇に消えて行った。

静かになった。波の打ち寄せる音が聞こえた。

喜助はどうするか思案した。五年前のことで常次を訴えることは出来ない。お美津にしわ寄せがあるだろう。なにしろ、お美津のために常次は罪を犯したのだ。お美津がお白州《しらす》に呼ばれるようなことがあったら、嫁入りに影響するかもしれない。

こうなったら、常次と刺し違えてでもと思うが、なにぶん常次のほうが力がある。失敗する可能性が高い。

ふと、手に何か握っているのに気づいた。紐の端に猿の細工物。これは根付《ねつけ》だ。おそらく煙草入れを腰から下げるときに使っていたものだろう。さっき常次に首を絞められたとき、夢中で摑んでいたものらしい。

川に放り投げようとして、喜助は思い止《とど》まった。

あることが閃《ひらめ》いたのだ。汚い手段だが、これしか考えられない。喜助は急いで長屋に戻った。

三

翌日の朝、栄次郎は刀を持って庭に出た。

裏にまわると薪《まき》小屋がある。その横に枝垂《しだ》れ柳の木がある。まだ芽は吹き出していないが、垂れた細かい枝が早春の風に揺れていた。

この柳の木が栄次郎の稽古相手だった。

栄次郎は今は枯れ柳に向かい、静かに膝を曲げ、居合腰に構えた。そして、左手で鯉口を切り、右手を柄に添える。

風で長く垂れた枝の揺れが微《かす》かに乱れた。その間合いをとらえ、右足を踏み込んで伸び上がりながら、栄次郎は刀を鞘走らせた。

風を斬り、一本の柳の小枝の寸前で切っ先を止める。そして、頭の前で大きくまわした刀を居合腰に戻しながら鞘に納めた。

呼吸を整え、再び抜刀する。何度も繰り返すうちに、額や頸《くび》のまわりに汗が滲《にじ》んできた。

毎朝の日課となっている素振りが終わり、栄次郎が上半身裸になって手拭いで汗を拭いていると、兄の栄之進がやって来た。

兄は栄次郎の厚い胸板を見て、

「そなたは三味線ばかり弾いて軟弱になり下がったと思っていたが、武道を忘れずにいるのはやはり武士の血が流れているからか」

と、目を細めて言う。

「いえ。素振りでもしないと、体がなまってしまいますので」

兄はちょっとしらけたような顔をしたが、

「あとで私の部屋に来てもらいたい」

と言い、引き上げて行った。

衣服を整え、栄次郎は兄の部屋に入った。きょうも非番だ。なにしろ、三日に一度は非番なのだ。

「何か」

ますます父に似てきた風貌の兄は、いつも気難しそうな顔をしているので、なかなか心を読み取れない。

「大和屋の舞台に出ていたそうだな」

「は、はい」

栄次郎はあわてた。

「まさか、母上も？」

「母上はご存じない。知ったら卒倒しかねない」

息子が芸人の真似事をしているのは、誇り高い母にとっては耐えられないことに違いない。

文武諸芸の稽古に精を出す兄に比べ、栄次郎は三味線の世界に足を踏み入れてしまった。そのことを知っているのは兄だけだが、いつまでも母に知られずに済むというものではない。

「兄上。誰が、大和屋の件を兄上に？」

「気になるか」

「いえ。ただ、その者の口から母上の耳にもと心配しました」

「案ずるな。口止めしてある」

「そうですか」

ひとまずほっとしたが、いったい誰が兄に話したのかは気になる。もっとも、同じ札差仲間も招待されていたのだから、矢内家の蔵宿《くらやど》の日野屋の線から兄の耳に入ったものと思える。

幕府から給料として支給された米を、お金に替えてくれるのが札差だが、自分が依頼している札差のことを蔵宿と言い、矢内家の蔵宿は大和屋ではなく、日野屋という札差であった。

「ところで、栄次郎」

「まだ、何か」

「いや、そうではない。もうひとり、武士がいたそうだな」

「武士?」

「三味線を弾いていたそうだが」

「ああ、あの御方は私の兄弟子に当たる杵屋吉次郎さんです」

「本名を知っているか」

「確か、坂本東次郎《さかもととうじろう》さま」

「やはり、そうか」

「兄上は坂本さまをご存じなのですか」

「それより、坂本どのはおまえのことをどこまで知っているのだ。家のことまで、話しているのか」

「いえ。お互いに立ち入ったことはきいたりしません。ですから、私も坂本さまのご実家がどういう家柄であるかまったく知りません」

芸の世界はそういうものだと、栄次郎は口に出かかったが声を呑んだ。

同門の弟子には侍の他に、商人や職人もいる。年齢もさまざまだ。だが、そういう世間の上下関係はそこにはない。あるのは早く入門した者が兄弟子であり、あとは芸の力が物を言う。もっとも、それなりに相手に敬意を払うのは言うまでもない。

兄が何かもじもじしている。

「兄上、何か」

「いや。なんでもない。もう行ってよい」

兄はますます気難しい顔で言う。

栄次郎は懐から財布を取り出して、

「兄上、これ大和屋の舞台の謝礼にもらったものです。どうぞ、大和屋の件は母上に内密に」

と、一分金を差し出した。

わざわざ母上に内密にと断ったのは、そのほうが兄も受け取り易いだろうと思ったからだ。

一瞬、綻《ほころ》んだ顔をすぐ引き締め、

「あまり母上に心配をかけるのではないぞ」
と、兄の威厳を見せて言った。

二本差しに着流しで、栄次郎は本郷の組屋敷を出た。今年の正月元旦はよい天気で、子どもたちの羽根突きの音や凧が大空に舞っていた。それからずっと晴れた日が続いている。

天気のよいのはいいが、きょうのように風が強いと埃《ほこり》っぽくて往生する。

湯島を通って鳥越に向かった。往来を売り歩く暦売りが目につき、凧売りの店には子どもたちがたかっている。

七草を過ぎ、商家でも松飾りやしめ縄が取り外されている。

広小路に出ると、猿回しにひとだかり。新黒門町に差しかかると、どこぞから三味線の音に透き通るような声で、
「海上はるかに見渡せば、七福神の宝船……」
と唄うのは門付けの鳥追女だ。

正月の元旦から十五日までは編笠《あみがさ》をかぶっているが、それ以降は菅笠《すげがさ》に変わり、女太夫という。

三味線堀を抜けて、やがて鳥越神社の大屋根が見えてきた。

神社の裏手に杵屋吉右衛門の稽古場がある。

今、稽古をつけてもらっているのは新八のようだ。なかなかいい声だ。弟子がふたりほど待っていた。

「栄次郎さん。きのうはよかったですね」

呉服問屋『越後屋』の旦那が声をかけた。

「だいぶ腕を上げなすった」

飾り職人の親方も愛想を言う。

「いえ、ああいう会に出ると、自分の未熟さを思い知らされます」

「何をおっしゃいますか」

そこからとりとめのない世間話に花が咲き、正月十六日の藪入《やぶい》りの話になった。

「越後屋さんのところには、丁稚《でっち》小僧さんがたくさんいらっしゃるのでしょう」

「七名ほど預かっております。親元には帰れませんから芝居見物に連れて行くことになっています」
十三、四歳より商家に丁稚奉公に出た小僧は、正月の十六日は親元に帰れる。商家の主人は小僧の衣類を整え、小遣い銭を持たせて親元に帰してやるのだが、越後屋のような大店は、遠国出生の者がほとんどなので、親元には帰れないのだ。

「お待たせしました」

稽古を終え、新八が見台の前から戻って来た。

「じゃあ、お先に」

越後屋が師匠の前に向かった。

新八を交えてまた世間話に興じていると、今度は町火消『ほ』組の頭取政五郎の娘のおゆうがやって来た。

「あら、皆さん、お揃いで？」

おゆうは栄次郎の顔を見て微笑んだ。

越後屋の稽古が終わり、続いて飾り職人の親方が済み、ようやく栄次郎の番がまわってきた。

師匠の前に畏《かしこ》まり、

「きのうはありがとうございました」

と、栄次郎は舞台の礼を言う。

「今朝、美代吉さんがお礼の挨拶に来ましたよ」

師匠が美代吉のことを話題に出した。

「美代吉さんは今度芸者をやめるそうですね」

「そうですか」

「なんでも、材木問屋の若旦那に見初《みそ》められて内儀《おかみ》さんになるそうだ。結構な話だ」

「美代吉さんはお幾つになるんですか」

「二十二だと言っていましたね」

「材木問屋の内儀さんになっても、踊りを続けられるといいのですが。あれだけ踊れるのですから」

ふと美代吉の手が一瞬止まったことを思い出した。

「今度は何を浚いましょうか。ご希望がございますか」

「いえ、なんでも。あっ、『吉原雀』はいかがでしょうか」

「結構じゃないですか。では、それを浚いましょう。そうそう、今度の温習会……お浚い会では『黒髪』を弾いていただけますね」

「はい」

今月末には日本橋の料亭を借りて、杵屋吉右衛門社中の新年の会がある。そこで、栄次郎は『黒髪』を弾くことになっている。

天明四年十一月江戸中村座で初演された芝居の中で、伊東祐親《すけちか》の娘の辰姫《たつひめ》が北条《ほうじょう》政子《まさこ》に恋しい頼朝《よりとも》を譲ったものの、嫉妬を抑えきれずに狂おしく髪を梳《す》くという場面で使われるものである。

新たに稽古をはじめた『吉原雀』に続いて、『黒髪』を浚い、稽古を終えて引き上げようとすると、

「栄次郎さん。待ってて」

と一方的に声をかけて、おゆうは見台の前に向かった。

おゆうのあとに弟子は見えず、栄次郎はひとりでおゆうの終わるのを待った。

おゆうが稽古をしているのは『黒髪』だ。男勝りでおきゃんなおゆうだが、こういう女心を哀感をもって唄うものが好きなようだ。

じつは、今度の温習会で、おゆうは『黒髪』を唄う。糸が栄次郎である。どうやら、おゆうが師匠に希望を出したらしい。

おゆうといっしょに師匠の家を出た。

「栄次郎さん。いつまであのお秋さんの家にいるのですか」

おゆうがきいた。

「いつまでということはありませんが」

「だったら、うちにいらしてください。この前、お父っつぁんに話したら、大歓迎だって言ってました」

おゆうは立ち止まり、

「だって、あの家はいやらしい」

出合茶屋のように、部屋を提供していることが、おゆうには我慢ならないのだろう。

「でも、お客はいっときだけのことですから」

「あのお秋さんってひともいや」

「どうしてですか」

「栄次郎さんに色目を使っています」

「そんなことはありませんよ。あのひとにはちゃんと旦那がいらっしゃるのですから」

「だって、たまにしか来ないのでしょう」

おゆうを送って蔵前通りに出ようとしたとき、天王橋を渡ってやって来る数人の男を見た。

岡っ引きとふたりの手下が、腰縄をとった男を引っ張って行くところだ。佐久間町の大番屋に連れて行くところらしい。

栄次郎は何気なくしょっぴかれて行く男を見て、おやっと思った。茶の格子の着物に記憶があったが、それより細くて頬骨の突き出た男の顔に思い当たったのだ。

あのとき客席に現れた男だ。そして美代吉の踊りの間を狂わせた男だ。

栄次郎は岡っ引きに声をかけた。

「そのひと、何をしたんですか」

岡っ引きが立ち止まって、いかつい顔を向けた。

「なんですかえ、お侍さん。こいつの知り合いですかえ」

「いえ。そうじゃありませんが」

「じゃあ、お侍さんの関わることじゃありませんぜ」

岡っ引きは顎をしゃくり、手下に行くように命じた。

「待ってください。何をしたのですか」

「盗みを働いたのよ」

「違う。俺はやっていねえ」

男は叫び、悔しそうな目を栄次郎にくれた。顔が腫《は》れているのはこの岡っ引きに殴られたのだろう。

おゆうを家の近くまで送り、栄次郎は来た道を戻って黒船町のお秋の家に急いだ。

辿り着いたが、お秋は朝早くから芝居見物に出かけて、まだ帰って来ないという。

二階の部屋で三味線のお浚いをしていると、夕方になってお秋が戻って来た。

「栄次郎さん。ごめんなさいね」

梯子段を上がってきて、お秋が顔を覗かせた。

「お秋さん。きょうは崎田さまは来ないのですか」

お秋の旦那は八丁堀与力の崎田孫兵衛である。

「来ないわよ。あら、栄次郎さん。旦那が来ないと知って何か」

お秋の目が潤んだようになった。

何か勘違いしているらしいと、栄次郎はあわてて、

「きょう盗みの疑いで捕まった男が大番屋に連れて行かれたのですが、詳しいことを知りたいので、崎田さまのお力をお借りしようかと思って」

「栄次郎さん。また、余計なことに首を突っ込みなさるおつもり？」

お秋が呆れたように言う。

「ちょっと気になるのです」

「旦那は来ませんよ。それに、うちの旦那、栄次郎さんのこと、好きじゃないみたいだから、言うことなんて聞いてくれないでしょう」

お秋は平然と言う。

「何か気に障ったことをしたのでしょうか」

栄次郎は不安そうにきいた。

「焼き餅よ」

「焼き餅？」

お秋が色っぽい目をくれた。

「私は別に……」

困っている栄次郎の姿を楽しむように、お秋は、

「栄次郎さん。旦那もこないし、ふたりで今夜はお酒でも」

「いえ、私は不調法ですから」

栄次郎はそれほど酒に強いほうではない。いつだったか、無理して何杯か呑んだら家がぐるぐる廻りだし、胸がむかついてのたうちまわるほどの苦痛を味わったのだ。

「それより、さっきの話」

栄次郎は話題を戻した。

「さっきの話？」

お秋の潤んだような目から顔を背《そむ》け、

「大番屋に連れて行かれた男のことです」

と、栄次郎は言った。

「ああ、そのこと」

お秋はしらけたような顔をした。

「わかりました。私が行きましょう」

「えっ、お秋さんが？」

「そう。大番屋に行って、事情をきけばいいんでしょう」

「ええ。でも……」

「だいじょうぶよ。出かけてきますからね」

お秋は女中に声をかけた。

栄次郎はお秋と共に佐久間町の大番屋にやって来た。

さっきの男は奥の牢に入れられ、馬面の同心が茶を飲んでいた。

「こんにちは」

お秋がずかずかと入って行くと、下っ引きふうの男が、

「なんでえ、勝手に入ってきては困るな」

と、押し返そうとした。

同心が立ち上がって来て、

「これはお秋どのではありませぬか」

と、丁寧に頭を下げた。

下っ引きが不思議そうな顔をしている。

「こちらは同心支配掛かり与力の崎田孫兵衛さまの妹御だ」

「へえ、こいつは失礼いたしました」

あわてて下っ引きは下手に出た。同心はそう言ったが、ほんとうは妾だということを知っているのだ。

「お秋どの。何か」

硬い表情で、馬面の同心がきく。

「じつはこのお侍さんが、きょうここに連れ込まれた男のことで、ききたいことがあるんですって」

「知り合いで?」

同心が栄次郎に顔を向けた。

「おや、昼間の?」

「はい。どこかで見かけたことがあるような気がしたもので」

栄次郎は答えてから、

「いったい何をしたのですか」

「ゆうべ、花川戸《はなかわど》にある老夫婦がやっている雪駄屋《せった》に押込みが入って、十両が盗まれたのです」

「怪我人は？」

「いや。老夫婦は無事です」

栄次郎は顔をしかめ、

「その男がどうして疑われたのですか」

「雪駄屋から飛び出して来た男を見た人間がいたんですよ。その者が犯人らしき男を見たと、繁蔵《しげぞう》に訴えてきたんです」

繁蔵というのが岡っ引きらしい。その繁蔵が代わった。

「男の訴え通りに大川橋の袂《たもと》に行くと、その男が立っていた。それで、自身番に呼んで問い詰めたが何も言わねえ。名前も名乗ろうとしねえ。だから、こうして大番屋で本格的に取り調べているんです」

「本人が何も喋らないんじゃ、しょっぴかれても仕方ないわねえ」

お秋が横合いから口出しする。

「で、どうなんですか。ほんとうに犯人なのですか」

栄次郎は確かめた。

「まだ、何も喋らねえ。だが、押込みのあった家にこいつが落ちていた」

繁蔵が猿の形をした根付を見せた。

「奴の煙草入れに根付がなかった。落っことしたんだ。押込みのときにな」

「男に会わせていただけませんか」

繁蔵は意見を仰ぐように馬面の同心を見た。

同心が頷くのを見て、

「ちょっとだけですぜ」

と、繁蔵は言った。

栄次郎は牢の前に行き、男の顔を見た。さっきより顔が腫れているのは拷問にあった証拠だ。

「あなたは、この前、大和屋さんの踊りの会に来ていましたね」

男は、はっとしたように顔を上げた。顎の下に傷跡が見えた。

「あなたは美代吉さんをご存じなのではありませんか」

男の顔色が変わった。

「俺は何もやっちゃいない。盗みなんて嘘っぱちだ」

「花川戸には行ったのですか」

男は唇を固く閉ざした。

「美代吉さんに関係することですか」

だが、男は何も言おうとしなかった。

美代吉のことを深くきいてみたいが、岡っ引きに聞かれて、美代吉に迷惑がかかってもいけないと思った。それに、この男が正直に話すとは限らない。

「あなたはほんとうに盗みをやっていないんですね」

「やっちゃいねえ。ほんとうだ」

男は真剣な眼差しで訴えかけた。

「あなたの名前は？」

口をつぐんだまま男は顔を振った。

「どうして、自分の名前が言えないのですか」

岡っ引きが近づいて来たので、栄次郎はそれ以上、話をきくことは出来なかった。

「どうです、しぶとい野郎でしょう」

「でも、犯行は否定していますね」

「皆、最初はしらをきるものですよ」

「でも、もう少し調べたほうがいいかもしれませんよ」

「お侍さま。御用のことはあたしらに任しておいてもらいましょう」

繁蔵は鼻で笑った。

「お邪魔しました」

同心にも挨拶して、栄次郎はお秋といっしょに大番屋を出た。

すっかり、外は暗くなっていた。

お秋が寄り添ってくるのを、さりげなく距離を置き、

「お秋さんのご威光はたいしたものですね」

と、栄次郎は感心する。

「旦那の威光よ」

「いえ。それをうまく利用出来るのは、お秋さんの器量ですよ」

「誉められているのかしら」

お秋が複雑そうな顔をした。

その後、栄次郎は夕飯を御馳走になってお秋の家を出た。

「栄次郎さん。明かりを」

見送りに出たお秋が提灯を寄越そうとしたが、栄次郎は断った。

「月が出ています。だいじょうぶですよ」

「そうですか。また、明日」

途中で振り返ると、お秋はまだ立っていた。


本郷にある組屋敷の木戸を潜り、板塀に沿って家に辿り着いた。

玄関から入って自分の部屋に行こうとしたとき、母がいきなり顔を出した。

「栄次郎。ちょっときなさい」

厳しい顔つきに、栄次郎は萎縮した。まさか、舞台に上がって三味線を弾いていることがわかってしまったのではないだろうか。

母の部屋に入り、畏まった。

「明日、私といっしょに出かけますからそのつもりで」

有無を言わさぬように、母が言った。

「待ってください。母上、明日は……」

「用事があるとでも言うのですか。最近、道場にもあまり行っていないようですが、いつもどこに行っているのですか」

「わかりました。ごいっしょいたします」

追及をかわすには承諾するしかなかった。明日は美代吉に会いにいこうと思っていたのだ。

「母上。いずこへ」

「父上が一橋卿の近習番を勤めていたおりに、お世話になった方へのご挨拶です」

「待ってください。なぜ、そこに私を？　兄上のほうがよろしいのではありませんか」

「黙ってついてくればよろしいのです」

母はすまして立ち上がった。

「まさか……」

栄次郎は言い差した。

まさか、騙し討ちではないかと口に出かかったのだ。栄次郎の不安は、見合いではないかということだった。

「あなたの考えているようなことではありませぬ」

翌日、上役への挨拶なら何も自分を連れて行くことはないはずだと腑に落ちないままに、栄次郎は母と共に出かけた。

向かったのは小石川《こいしかわ》片町にある寺だった。

そこの庫裏《くり》の座敷に通されて待っていると、やがて頭巾をかぶった武士が静かに入って来て、用意されていた座布団に腰をおろした。

母が丁寧に頭を下げた。栄次郎も真似る。

「栄次郎にございます」

母が顔を上げた。

「栄次郎か。うむ、いい顔をしておる」

男は五十前後か。

「父上がお世話になったそうで、ありがたく存じます」

「うむ」

一橋家は将軍家の親戚であり、藩ではないので、家来はない。幕臣が出向の形でお仕《つか》えするのだから、おそらく父と同時期に出向していた幕臣なのであろう。

「申し訳ありませぬ。ちょっとご住職にご挨拶をして参りとう存じます」

母は静かに座を外した。

ふたりきりになると、相手が、

「栄次郎は何か望みがあるのかな。たとえば、どんなお役に就《つ》きたいのだ？」

「私は……」

栄次郎は言いよどんだ。

「遠慮せず申してみよ」

「恐れながら、母には内密に願えましょうか」

「なに、母上に？」

少し驚いたようだが、すぐに頷《うなず》いて、

「わかった」

「私はどんなお役にも就きたいとは思いません」

「ほう、すると、この先ずっと部屋住のままのんびりと暮らしたいと思うのか」

「いいえ。いずれ武士を捨てたいと思っております」

「なんと」

「このことを母が知りましたならば卒倒しかねません。どうか、ここだけのこととしてくださいますよう」

「安心せい。で、武士を捨て、どうしようと言うのだ？」

「三味線の道で生きていけたらと思っております」

「はい。今、長唄を習っておりますが、浄瑠璃のほうも……」

すぐに返答がなかった。

「申し訳ありません。詰まらぬことを口走りました」

栄次郎は不思議だった。初対面なのに本音を話してもいいというような雰囲気になっていたのだ。

やがて、低い妙な音が聞こえると思ったら、相手が笑いを堪《こら》えているのだとわかった。

「三味線となっ」

やはり、呆れ返られたのだと思った。

「そうか、そうか。よい、よい」

「はっ?」

「結構だ。好きなことをするのもいいことだ。おおいにやるとよろしい。だがな」

おもむろにそこで言葉を切り、

「ひとには定《さだ》めというものがある。もし、その定めから逃れられぬと悟ったら素直に従うほうがよい。それから、早まって武士を捨てるではない。今の部屋住のままで結構。そのままでな」

やがて、声をひそめ、

「そなたの父親も、同じことを言うであろう。栄次郎」

「はっ」

「じつは、わしも浄瑠璃が好きでな」

「ほんとうでございますか」

「特に、わしは端唄《はうた》だ」

長唄から端唄の話にまで飛んで、おおいに話に花が咲いた。

長唄などは唄を主にするので唄い物と呼ばれるが、浄瑠璃は物語の筋を主としているので、語り物と呼ばれている。常磐津《ときわず》、清元、義太夫《ぎだゆう》節、それに新内などは浄瑠璃であり、新内は唄うのではなく、語ると言う。

「いつか、そなたの三味線で端唄を唄ってみたいの」

「はっ、いつでも喜んで」

「では、そのうち誘いをかける。おっと、母上が戻って来たようだ。栄次郎、今の話は内緒だったな」

「ありがとう存じます」

座に戻った母は楽しそうな雰囲気を感じたのか、顔を綻《ほころ》ばせていた。

それから昼食を御馳走になって寺を辞去した。

山門を出ようとしたとき、ふと庫裏の裏手のほうに鋲打《びょううち》乗物が置いてあるのが見えた。大名駕籠のような立派なものだ。

さきほどの御方のものだと、栄次郎は察した。とすれば、身分ある御方と、はじめて不審を抱いた。

帰り道、栄次郎は言った。

「きょうは楽しゅうございました」

「おや、最初はいやがっていたのではありませぬか」

「ああいう方でしたら大歓迎です。あんな話のわかる御方はなかなかおりません」

「ずいぶん贔屓《ひいき》になさいますね」

「ところで、母上。あの御方は何者なのですか」

「そこまで詮索せずともよろしい」

「詮索ではありません。ただ、どんな御方なのか……」

しかし、母は口を閉ざしたまますたすたと歩いて行った。

その夜、栄次郎は兄の部屋に行った。

昼間のことをつぶさに話してから、

「兄上はどう思われますか」

と、窺うようにきいた。

「わからぬ。だが、ひょっとすると、そなたは……」

そこまで言って、兄ははっとしたように口をつぐんだ。

「なんでしょうか」

「いや。なんでもない。ありえぬことだ。さあ、栄次郎。もう下がって休め。わしも明日はお勤めだ」

兄は栄次郎を追い立てた。

腑に落ちぬまま、栄次郎は自分の部屋に戻ったが、ふと忘れていた例の男のことを思い出した。

四

翌日、栄次郎は柳橋の南、浅草御門と両国広小路の神田川沿いに位置する下柳原《しもやなぎわら》同朋町《どうぼうちょう》に足を向けた。

ここの芸者が江戸一番に栄えるのは、この先天保《てんぽう》の改革で深川が廃《すた》れて後《のち》のことで、今はそれほどの芸者の数ではない。

だが、今一番を誇る吉原や深川は、女郎が主であるのに引き換え、ここ柳橋はあくまでも芸者が主であり、それだけに粒選りの女が揃っている。

栄次郎が置屋を訪れると、美代吉は戸惑い気味に奥から出て来た。

「これは矢内さま。先日はありがとうございました」

大和屋の舞台で地方を勤めたことを言っているのだ。

「見事な踊りでした」

「ありがとうございます」

「ところで、少しお話があるのですが」

「なんでしょうか」

美代吉は不審の色を浮かべた。

奥には女中や朋輩の声もする。

「ここでないほうが」

「じゃあ、河岸のほうに」

栄次郎は先に河岸に向かった。

右手に柳橋が見え、船宿が並んでいる。両国橋から数十間の場所にあり、船の便がよく、吉原や深川へもここから向かう。

早春とはいえ、まだ寒い。ふとかなたに大凧《おおだこ》が上がっているのが見えた。子どもたちが各所で凧を上げているが、あのような大きな凧を上げるのも流行《はや》っているのだ。

足音に振り返ると、美代吉がやって来た。

「すみません。お呼び立てして」

「いえ、それより、お話とは？」

美代吉は不安そうにきいた。

「じつは、ある男が浅草の花川戸で押込みを働き、お縄になりました」

美代吉は怪訝そうな顔になった。

「被害に遭った家の近所をうろついていたその男を見ていたという者がいたのです」

「あの」

美代吉が細い眉を寄せて、

「そのことが私に何か」

と、不安そうにきく。

「その男、大和屋さんでの踊りの会に現れました」

一瞬、血の気がなくなったように、美代吉の顔が白くなった。

「男は何も言おうとしないのです。美代吉さんにはその男に心当たりはありませんか」

「どうして私に？」

「夜露雪の日、下の関路も、共にこの身を馴染み重ねて、仲は丸山……」

いきなり、栄次郎は口ずさみ、

「この馴染み重ねて――のとき、その男は客席に現れたのです」

美代吉が息を呑んだのがわかった。

「美代吉さんはその男をご存じなのではありませんか」

「知りません」

硬い表情で、美代吉は言う。

「そうですか。私の勘違いのようでした。あの男が現れたとき、美代吉さんの動きが一瞬だけ止まったように思えたのです。だから、ひょっとしたら知っている男なのかと思ったのです」

「………」

美代吉は俯いていたが、

と顔を上げ、おそるおそるきいた。

「あの」

「その男が犯人なのでしょうか」

「本人は否定しています。ただ、このままでは、身の証《あかし》は立てられないと思います」

何か言いたそうに唇が動いたが、美代吉は何も言わなかった。

何か隠しているような気がしたが、それ以上追及することは出来なかった。

「関係ないことでわざわざ呼び出したりして、申し訳ありませんでした」

栄次郎は詫びた。

「いえ」

美代吉は踵を返した。が、数歩歩いてから立ち止まった。しばらく何かを迷っているふうだったが、そのまま小走りに家に戻って行った。

大きくため息をついてから、栄次郎は浅草花川戸町に足を向けた。

蔵前通りは人馬が行き交い、米俵を積んだ大八車が勢いよく走っている。

花川戸にやって来た。町の中央に奥州街道が通っていて、両側には店舗が並んでいる。押込みに入られた雪駄屋は、浅草寺への年貢物資の陸揚地である浅草河岸屋敷の近くにあった。

老夫婦ふたりでやっている店だ。

「失礼します」

声をかけて、土間に入って行くと、店番をしていた年寄りが眠そうな顔を上げた。

「すみません。客ではないんです」

栄次郎は断り、

「一昨日の夜、こちらに押込みがあったと伺いましたが」

「失礼ですが、どちらさまでしょうか」

年寄りは警戒ぎみにきいた。

「私は矢内栄次郎と申します。犯人として捕まった男と、ふとした縁で知り合いました。その男がほんとうに押込みを働いたのか、信じられずにいるのです」

栄次郎が言うと、年寄りは目をしょぼつかせた。

年寄りは口が重く、要領を得なかったが、手拭いで頬被りをし、匕首を握った男が押し入って、金を盗んで行ったということを聞き出した。

「押込みの顔は見ていないんですね」

「はい」

栄次郎は家を出た。

あの男は事件の数日前に、この辺りに出没していた。すると、この界隈に男の知り合いがいて、訪ねて来た可能性もあった。


それから一刻（二時間）後、栄次郎はお秋の家の二階の小部屋で三味線の稽古をしていた。

だが、また客の男女が来ていて、昼間から情事に耽《ふけ》っている。甘い声が聞こえてくるので、落ち着かない。

梯子段を上がって来る音がした、ふと、いやな予感がした。

案の定、障子を開けて入って来たのは、おゆうだった。

「お邪魔します」

おゆうが栄次郎の前に腰をおろした。

「お秋さん、いませんでしたか」

「さあ、勝手に上がって来てしまいましたから」

あっけからんと、おゆうは答える。

栄次郎は三味線を仕舞い、

「ちょっと外に出ましょうか」

と、立ち上がった。

「あら、栄次郎さんの三味線で『黒髪』の稽古をしようと思ったのよ」

「でも、それはまたの機会に」

「どうしてですか。まるで私がここにいたのではいけないご様子」

「いえ、そうではありません」

栄次郎があわてて言ったとき、向こうの部屋からかすかな声が聞こえてきた。

おゆうが聞き耳を立てた。

「なんでしょう」

「さあ」

栄次郎ははたと膝を叩き、

「やっぱり、稽古をしましょう」

いったん仕舞った三味線を、栄次郎はもう一度引っ張り出した。

一の糸、二の糸、三の糸を弾いて糸の調子を合わせる。基本の調子は本調子というが、本調子から二の糸を一音上げた二上《にあが》り、あるいは三の糸を一音低くした三下《さんさが》りという調子もある。『黒髪』は三下りの曲である。

三下りに糸を合わせ終わって、栄次郎は静かに弾きだす。おゆうも畏まって、

黒髪の、結ぼれたる思いには、

解けて寝た夜の枕とて、ひとり寝る夜の仇枕……

やがて、合《あい》の手が入り、三味線の音のみが静かに流れる。とたんに、激しい声が聞こえてきた。

おゆうがはっとして栄次郎の顔を見た。また、女の苦しそうな声。おゆうが顔を朱に染めた。

栄次郎は困った。

おゆうは全身の力が抜けてしまったように、次の声が出ない。

よがり声はますます激しくなる。

「おゆうさん、出ましょう」

栄次郎は立ち上がった。

「いえ、もう一度」

おゆうが強い声で言う。

女の長く糸を引くような声は、ときには悲鳴のように大きくなり、またぴたっと静かになる。

おゆうはまた唄いはじめた。

落ち着いているようだったが、よく見るとおゆうは額にうっすらと汗をかいていた。

その緊張した様子が、栄次郎を落ち着かなくさせた。

ようやく最後まで唄い終わった。

「喉が乾きました。お茶をもらってきましょう」

栄次郎が言うと、

「いえ、行かないでください。ここにいて」

と、おゆうが言う。

向こうから遠慮なく声が届いて来る。

「外に行きましょう」

耐えられずに、栄次郎は立ち上がり、

「さあ、行きましょう」

と、声をかけた。

だが、おゆうは座ったままだ。

「どうしました？」

「だめ、立てません」

おゆうの目は年増女のように潤《うる》んでいた。

今度はうっという野太い声。

そのまま静かになった。

栄次郎は天井を仰いで、ため息をついた。

それからしばらく経って、向かいの部屋の障子が開く音がした。ふたりが引き上げるところだ。

何を思ったのか、おゆうが這うように障子のそばに行き、少し障子を開いた。引き上げる男女の顔を見ようとしているのだ。

はしたない真似をやめさせようとしたとき、おゆうはすぐに首を引っ込めた。

「いやだ、唐物屋《からもの》のおかみさんだわ」

目を丸くして、おゆうが言う。

「あのひと、ご主人がいるのに。許せないわ」

「おゆうさん、ここでのことは絶対に他言無用ですよ」

「でも、ご主人を裏切っているんですよ。ご主人が可哀そうじゃないですか」

「わかります。でも、ここは八丁堀与力の妹の家ということで、お客さんは安心してやって来ているんです。それが外にもれてしまっては、この家の主人の顔が立ちません」

「でも、そんなことっておかしいじゃありませんか。なんで、栄次郎さんはこんなところに厄介になっているのですか」

「まさか、こんなことをしているとは思わなかったんですよ。空いている部屋をただで自由に使わせてくれるというので飛びついてしまったのです」

「だったら、うちに来てください。部屋なら空いています。こんないやらしい家にいると、栄次郎さんまで汚れてしまいます」

そのとき、障子が開いた。

「ちょっとお待ちよ、娘さん」

お秋が目を吊り上げて入って来た。

「いやらしい家とは何だえ、聞き捨てにならないわね」

「こんな商売をしているから、いやらしいと言ったんです。どこがいけませんか」

「小娘のくせにきいたふうな口をきくんじゃないわよ。いいかい、この世には男と女しかいないんだ。その男女が楽しみあうのをいやらしいというのかえ」

「ふつうの男女じゃありませんよ。今の女のひとはれっきとしたおかみさんですよ」

ふたりの間に入って為《な》すすべもなかったが、栄次郎は思い切って割って入った。

「お秋さん、何か用事があったんじゃないのですか」

「いえ、向こうの部屋を片づけに来たら、この娘の声がしたでしょう。だから、つい」

お秋はにっこり笑い、

「栄次郎さん、どうぞいつまでもここにいらしていいんですよ」

と、おゆうに聞こえよがしに言った。

おゆうの眦《まなじり》が吊り上がった。これ以上ふたりが角《つの》を突き合わせていたら、こっちが疲れてしまうと、栄次郎は立ち上がった。

「おゆうさん、送って行きましょう」

「はい」

おゆうはいきいきとした目で立ち上がった。

五

『十四日年越し』で、町には獅子舞も多く出ている。子どもたちが獅子舞のあとをぞろぞろついて行く。

門松のしめ縄は六日の夜に片づけ、この日、残った輪飾りなどを外す。明日の十五日は小正月である。

栄次郎は押込みの疑いで捕まった男と、美代吉との関係が気になってならず、もしふたりが知り合いだとしたら美代吉が芸者に出る前のことではないかと見当をつけ、もしだったら美代吉がその頃どこに住んでいたのか、それを調べようと柳橋までやって来た。

思案しながら歩いていると、

「栄次郎さん」

と、声をかけられた。

若旦那ふうの男が笑いながら近づいて来た。

「どうしたんですね、考え事をしながら歩いているようでしたが」

新八だった。

「やあ、こんなところで会うなんて」

栄次郎は笑い掛けた。

「美代吉が芸者に出る前、どこに住んでいたか知りたいのですが、出来れば本人に気づかれたくないのですよ。だから、どうやって調べればいいかと考えていたんです」

「そんなことですか。じゃあ、私が聞いて来ましょうか」

「出来ますか」

「こう見えても、私は相模の大地主の三男坊です」

新八は意味ありげに笑った。

金持ちの放蕩息子という触れ込みだが、実際は大名屋敷や豪商の屋敷などに押し入る盗人だ。

盗人だが、不思議なことに栄次郎は新八を蔑《さげす》む気はまったく起きない。それは、忍び込む先は評判の悪い所だけで、貧しい者には絶対に悪さをしないという心意気があるからだ。

ところが、新八は最近、仕事のほうをしていないようだ。栄次郎と知り合ってから、たとえどんな悪い相手であろうが、盗みに入ることに負い目を持つようになったらしい。

　それも、以前に盗みで得た金の貯えが相当あるからかもしれない。それでなくては花柳界で遊んでばかりいられないはずだ。

　柳橋にも馴染みの芸者がいるし、船宿の女将もよく知っているというので、新八に頼むことにした。

　新八はいっしょに座敷に上がらないかと誘ったが、栄次郎は遠慮した。他人の金で遊ぶのは気が引ける。

「じゃあ、ちっと聞いてきますから、どこぞで待っていてください」

　新八は船宿のほうに去って行った。

　栄次郎は隅田川のほとりに向かい、川岸に立った。両国広小路から賑やかな声が聞こえる。両国橋を渡るひとの数は多い。

　四半刻（三十分）後に、新八が戻って来た。

「こちらでしたか」

　新八に余裕が見られた。

「わかりましたか」

「ええ、浅草聖天《しょうでん》町の聖天さまの裏手に十七歳までいたそうです」

「やはり、そうでしたか」

「わかっていたんですか」

「いえ、確信があったわけではありません」

浅草聖天町は、花川戸の先だ。

「なんでも、家計を助け、幼い弟を養うために芸者に出たということです。それまでは、観音さま境内の楊枝《ようじ》店で働いていたそうで」

父親が病気になってから、それまで習い覚えた踊りの素養を生かすことの出来る芸者の世界に入ったのだ。

今、美代吉は二十二歳だから、浅草聖天町には五年前までいたことになる。あの男はその頃の知り合いに違いない。

「栄次郎さん。私はお座敷で遊んでいきますが、ごいっしょにどうですか。なんなら美代吉を呼んでみますよ」

「いえ。そんなお金はありません」

「お金のことなら心配いりませんよ」

それは、盗んで貯めた金があるから心配はいらないだろうと思ったが、もちろんそんなことは口に出来るわけではない。

「いえ、遊ぶのは自分のお金でないと」

「そうですかえ。残念ですねえ。じゃあ、ひとりで遊んできます」

そう言って、新八は船宿のほうに戻って行った。


栄次郎は改めて浅草聖天町に向かった。

待乳山《まつちやま》聖天の裏手にある長屋に、美代吉が住んでいた家があった。

木戸のとば口に住んでいる家主を訪ね、美代吉が芸者に出た頃のことをきいてみた。

本名はお美津というらしい。

お美津の評判はよかった。芸者に出てからも、ときたま長屋の住人のことを忘れずに、お酒や御馳走を届けてくれたりしているという。

父親は芸者に出た半年後に病気になって、そのまま不帰のひととなり、母親も去年亡くなったという。弟がいて、大店に奉公しているらしい。

例の男のことをきいたが、家主は首を横に振った。

どぶ板を踏んで長屋の奥に入った。職人の女房や易者などが住んでいて、何人かに訊ねたが誰も知らないという。だが、それは口を閉ざしているようにしか思えなかった。

露地に出たとき、髭面の年寄りが待っていた。

「私は喜助っていう者です」

食いつきそうな顔で、

「お美津の父親とは幼馴染みだ。お美津のことを調べているそうですが、お侍さん？」

「矢内栄次郎と言います」

「その矢内さんが何の用で、お美津のことを調べているんで？」

「お美津さんが芸者に出る前に、仲のよかった若い男はいたんでしょうか」

「お美津は器量よしだ。言い寄る男はたくさんいたよ」

「何か揉め事はなかったのですか」

「矢内さん。いったい、何を調べているんですね」

喜助は鋭い目で睨んだ。

「先日、花川戸の雪駄屋さんに押込みが入ったそうですね。その犯人はあっさり捕まったんですが、その前にこの辺りをうろついていたということでした」

喜助の目が鈍く光ったのを見逃さなかった。

「それがお美津のことと、どんな関係があるんだね」

「ふたりは顔見知りのような気がするんです。だとすれば、五年前までのつきあい……」

「だったら、長屋の者は皆、男のことを知っているはずですぜ。どうでしたかえ、長屋の者はまったく知らないと答えたはずだ」

「ええ。皆、口を揃えたように言っていました」

「そうでしょう。お侍さん、おっと矢内栄次郎さまの考え過ぎです」

「どうやら、そのようですね」

「余計なお節介など焼いても、まわりが迷惑するだけですぜ」

　喜助は一筋縄ではいかないような男だ。

　ますます、この長屋で何かあったのだと思わざるを得ない。だとしたら、長屋の人間にきいても無駄だろう。

　喜助に礼を言って去り、途中で振り返ると、まだ喜助はこっちを気にしていた。

　確かに、余計なお節介かもしれなかった。だが、栄次郎はこのまま見過ごすことが出来ないのだ。美代吉ことお美津の困惑した顔と、押込みの疑いをかけられた男のすがりつくような表情が頭から離れない。

　自分でも困った性分だと思うが、これも亡き父の遺伝かもしれない。父はよく言っていた。

「情けはひとのためならず。他人の困った顔を見ると、こっちまで辛くなる。逆に喜ぶ顔を見ると、こっちまでうれしくなるんだ」

父がいろいろお節介を焼いていた姿を、栄次郎はたくさん見てきた。

父のことを思い出したとたん、喜助に咎《とが》められたことを忘れ、栄次郎はたちまちお節介の虫が騒ぎ出した。

あの男と美代吉には何らかの因縁《いんねん》がある。そう思って間違いなさそうだ。あの男が江戸の人間だとしたら、いったいどこに住んでいたのだろうか。お美津といっしょの長屋ではないようだ。

長屋の木戸を出て、待乳山のほうに向かいかけたとき、前方から旅の格好をした女が歩いて来るのに出会った。二十五前後。色の浅黒い、小肥りの女で、ひと目で江戸の女と違う雰囲気だ。

数歩歩いては立ち止まり、辺りを見回している。

女が、通り掛かった棒手振りの男に声をかけた。男が首を横に振ると、うなだれたが、また歩き出した。だいぶ疲れている様子に思えた。

気になって見ていると、ふと女がよろけた。栄次郎はあわてて駆け寄って助け起こした。

「だいじょうぶですか」

「ええ。申し訳ありません」

そばで顔を見ると、ふくよかな顔でやさしそうな目をした女だった。

「どこかをお訪ねの様子ですが、どちらを？」

「は、はい。常次さんを探しに」

「常次さんというのは、この界隈に住んでいるのですか」

「いえ。ただ、常次さんの知り合いが聖天さまの見える町に住んでいると聞きました。だから、そこに行けば、常次さんを知っているひとに会えるんじゃないかって」

「その知り合いの名は？」

「いえ。わかりません」

「見れば旅の格好ですが、どちらから？」

「三島です」

「三島から？」

「はい。たまたま、江戸に帰るという御夫婦連れがおりましたので、いっしょについて来ました。御夫婦連れとは日本橋で別れました」

「そうですか。じゃあ、いっしょに探してみましょう」

もう一度、さっきの長屋に戻り、喜助という年寄りに、常次の名を出してみた。すると、知らねえと、目を逸らして答えた。

念のために自身番に寄り、店番の家主に常次の名を出してみたが、首を横に振った。

女はますます悄然とした。

自身番を出てから、

「今夜の宿は？」

「いえ。これから探します」

「それでは、私についてきなさい。私の知り合いの所に行きましょう」

警戒ぎみだったが、栄次郎は女を黒船町のお秋の家に連れて行った。

お秋が目を丸くして、

「栄次郎さん。どなたなんですか」

と、咎めるような声を出した。

「少々事情がありまして」

栄次郎が説明すると、お秋は苦笑して、

「栄次郎さんのお節介焼きには呆れ返るわ。まあ、いいでしょう。あなた、名前は？」

そう言えば、名前もまだ聞いていなかったと気がついた。

「およねです」

「およねさんね。じゃあ、奥の部屋を使ってもらいましょう」

「今夜は崎田さまは？」

「きょうは来ない日よ。せいせいするわ。あのけち」

眉を寄せて、お秋は言ったあとで、

「旦那には適当に言っておくから心配しないで。でも、人探しということになると、長いことになるのかしら」

と、眉を寄せたので、

「すみません」

「しょうがないわねえ。まあ、いいわ。およねさん、こっちに来なさい」

お秋はおよねを奥の部屋に連れて行った。

お秋が戻って来て、

「それにしてもひどい男だねえ。あの女、捨てられたんですよ。常次って男に。見つかったってどうしようもない男と思うけど」

そのとき、格子戸が開く音がした。女中がやって来て、

「内儀さん。繁蔵親分がおいでです」

「繁蔵親分が」

ひょいと腰を浮かし、お秋は玄関に向かった。いったい何用だろうかと思いながら、栄次郎も部屋を出た。

「栄次郎さん」

お秋が足音に振り返った。

「ちょうど、よかった。繁蔵親分が栄次郎さんにお訊ねしたいことがあるんですって」

「私に?」

「じつは、例の男、旅籠町の木賃宿に十日ほど前から泊まっておりました。宿帳の名は三島の次郎吉」

「三島?」

「だが、なぜ江戸に出て来たのか、何も言わない。ほとほと困っているんだ。栄次郎さん。何か心当たりがあるんじゃないんですか」

「いや。私はただ知っているひとに似ていると思っただけですから」

「その知っているひとってえのは誰なんですね」

「いえ。ひと違いでしたから」

　繁蔵は疑わしげに栄次郎を見つめ、

「あとで、じつは知り合いだったって言うことにはならんでしょうね」

　と、威《おど》すように言う。

「どうして、そう思うのですか」

「知っているひとに似ているというだけの縁なのに、わざわざ大番屋まで男の様子を見に来たってわけですかえ」

　と、ねちっこくきいた。

「ええ、よくひとから言われるんです。お節介焼きの物好きだと。でも、親分が私とあの男が仲間ではないかと疑う気持ちもわからなくはありません」

　栄次郎が真顔で言うと、繁蔵が目を吊り上げ、

「それだけじゃない。旦那は浅草花川戸の雪駄屋に行ったそうですねえ。わざわざ、被害にあった家に行くなんぞ、妙だ」

「まあ、確かに、親分の言うとおりだ」

「旦那。ふざけているんですかえ」

繁蔵がむっとした。

「いや、正直に思っていることを申したまで」

「旦那。場合によっては組頭さまに話を通して、旦那を大番屋に呼んでもいいんですよ」

「あら、繁蔵親分。ずいぶん、たいそうな口を叩くんだね。栄次郎さんは私の知り合いなんだよ。私の知り合いと言えば、崎田の兄さんの知り合いでもあるんだ」

お秋が威勢のいい啖呵を切った。

「崎田の兄さんですかえ。その名前が出たんじゃこれ以上粘れねえ。まあ、今夜のところは引き上げるとしましょうか」

繁蔵は渋い顔をして立ち上がった。

「だが、旦那。隠していることがあったら早く言ってくださいよ。そうじゃないと、あとで困ったことになっても知りませんよ」

捨て台詞《ぜりふ》を残して、去って行った。

「なんて奴だ」

繁蔵が去ったあと、お秋は女中に塩を撒くように命じた。

ふと、背後で物音がした。

「おや、およねさん。どうしたんだえ」

お秋が不審そうにきいた。

「ひょっとして、そのひとは常次さんじゃないかしら」

およねが思い詰めた目で呟く。

「常次さんの特徴は？」

「はい、痩せていて頬骨が突き出ています。眉は短くて濃いと思います。そうそう、顎の下に傷跡があります」

「間違いありません」

「じゃあ、常次さんは牢屋に……」

およねは力が抜けたように膝をついた。

「まだ大番屋に留め置かれているみたいです」

容疑が固まれば、小伝馬町の牢屋敷送りになるのだが、そこまでは行っていないようだ。

「およねさん。もう少し、常次さんの話を聞かせてくれませんか」

茶の間に移ってから、栄次郎は改めてきいた。

「常次さんと知り合ったのはいつなんですか」

「五年ほど前です。私が働いている旅籠に下働きとしてやって来ました。それで親しくなって、いっしょに暮らすようになったんです」

「常次さんは自分で江戸の人間だと言っていたんですね」

「はい。江戸の浅草の話をよくしていました」

「浅草ですか。何をしていたのか、わかりますか」

「いえ。でも、堅気の仕事をしていたわけじゃないようです。浅草界隈の店じゃちょっとした顔だったと、呑んだときに言っていたことがあります。それに……」

「それに?」

言いよどんだおよねに催促をする。

「はい。最初の頃はとても用心深く、他人目《ひとめ》に顔を晒《さら》すのもいやがっているふうでした。特に、お役人らしい姿を見ると、すぐ隠れたり。それより、私が不気味だったのは夜、うなされていることがよくあったことです」

「うなされた?」

「はい。すごい声でうなされ、はっとして起き上がる。汗をびっしょりかいていました。何かをして、江戸にいられなくなって逃げて来たんだと、私は思っていたんです」

なるほどと、栄次郎は思った。

かつて常次は浅草界隈に住んでいた。そこで事件を起こして江戸を離れたのだ。その事件は、お美津絡みかもしれない。

「およねさん、おまえさんはその常次さんを好いているのかえ。いっしょに暮らしたいんだね」

お秋が口をはさんだ。

「はい。だって、私のお腹には……」

そう言って、およねは腹をさすった。

「わかりました。常次さんを必ず助け出してみせます」

栄次郎にはその台詞しかなかった。

お秋が呆れたような目を栄次郎にくれていた。

翌日、鳥越神社の裏手にある杵屋吉右衛門の稽古場を訪れた。だいたい、それぞれの弟子の来る時間帯は決まっているので、栄次郎は時間を見計らって行ったのだ。

今、師匠に稽古をつけてもらっているのは、蔵前の米問屋の旦那だ。

「伝兵衛《でんべえ》さんはまだですか」

内弟子に訊ねると、

「もうそろそろお見えになる頃ですが」

と答えたように、じきに伝兵衛が現れた。

笠屋《かさや》伝兵衛は下谷に店を持つ口入れ屋だ。口入れ屋といっても土方人足の周旋から中間、小者といった武家奉公人の周旋などを行う、大勢の男たちを置いている大親分でもある。地方からの出稼ぎ労働者なども伝兵衛を頼って来る。

しかし、裏では子分たちを盛り場に出向かせて、弓場や水茶屋、露店などから用心棒代をとったり、賭博を開いたりしている。いわば、世間の裏稼業もしている二つ顔の男だ。

どういうわけか、その親分が杵屋吉右衛門に長唄を習いに来ている。

伝兵衛はがっしりした体格の男で、自分は男伊達を気取っている。歳は栄次郎よりだいぶ上だが、杵屋吉右衛門一門の中では、栄次郎のほうが入門が僅かに早くて兄弟子になる。

「おや、栄次郎さん。珍しいですな」

伝兵衛は座布団にあぐらをかいた。

「伝兵衛さんにお訊ねしたいことがあって待っていたのです」

「そうですか」

　そこに内弟子が茶を運んで来て、湯飲みを伝兵衛の前に置いた。

「伝兵衛さんは常次という男をご存じないでしょうか。五年前まで、江戸にいた男で、浅草では顔がきくと話していたそうです」

「常次ですか」

　伝兵衛は思案顔になった。

「その常次のことで何を？」

「五年前、江戸で何をしたのか、それが知りたいのです。当時常次さんと親しかったひとから話を聞きたいと思いまして」

「栄次郎さんのお節介病ですな」

　伝兵衛はいかつい顔に笑みを浮かべたが、すぐに真顔になって、

「私は知りませんが、うちの若い者に聞いてみましょう。浅草で顔がきく男なら、うちの者は知っているはずです」

「すみません。よろしくお願いいたします」

「なあに、それにしても栄次郎さんは不思議な御方だ」

「えっ、どうしてですか」

「栄次郎さんのお節介病に、手を貸したくさせてしまうんですからね。こっちまで、お節介病が移ってしまいそうですよ」

そう言って、伝兵衛は豪快に笑った。

翌日、本郷の組屋敷からお秋の家に向かった。途中、湯島天神の梅が芽吹いているのに気づいた。

お秋の家の格子戸を開けて入って行くと、遊び人ふうの男が入口の隅で畏まっていた。

「栄次郎さん。お客人が待っているわよ」

お秋が心配そうに言ったのは、畏まっている若い男の頬に傷跡があったからだろう。

「ひょっとして伝兵衛親分の？」

栄次郎は男に声をかけた。

「へい、常次兄いのことで何かお調べだとか」

男は腰を低くして言う。

「やはり、常次というひとはいたのですね」

「へえ、伝兵衛親分のところにいっしょに出入りしていた仲です。確かに常次兄いは五年ぐらい前まで江戸におりました」

「どうしていなくなったのでしょうか」

「そいつが、わからないんです。ある日、突然いなくなっちまったんです」

「その頃、常次さんは何をしていましたか」

「さあ、特には」

「常次さんには許嫁《いいなずけ》がいたのですか」

「いえ。そんな女はおりません。ただ、夢中になっている女がおりました」

「その女の名は？」

「浅草の楊枝店の女で、菊屋のお美津って評判の美人でした」

「なるほど。で、その菊屋のお美津絡みで、何か変わったことはありませんでしたか」

「変わったことですか」

男は小首を傾げていたが、

「そう言えば、そのお美津に懸想《けそう》をしている男がおりました。足袋《たび》屋の『福原屋』の放蕩息子で、清三郎《せいざぶろう》って言いました。いつも取り巻きを連れて、金で女を自由にするという男でした。常次兄いは、お美津のことでその清三郎といがみ合っていたようです」

「その清三郎さんはどうしていますか」

「それが、清三郎も行方知れず」

「なんですって。それはいつ頃のことですか」

「そう言えば、常次兄いがいなくなった頃とあまり変わらなかったと思います」

栄次郎は頭の中をめまぐるしく回転させていた。

それから、栄次郎は田原町《たわら》にある福原屋に急いだ。

表通りに、大きな足の形をした看板が出ていた。足袋と書かれた暖簾を潜り、店に入ってから、ご主人に会いたいと番頭を通して頼んだ。

清三郎さんのことだと言ったので、すぐに主人が出て来て、栄次郎を客間に通した。

「清三郎のことで何かわかったのでしょうか」

福原屋は表情を曇らせた。

「いえ」

「では、清三郎の行方がわかったのではないのですね」

「はい」

「そうですか」

不思議なことに、福原屋は安堵したようだった。

「五年前から行方不明だそうですね」

「ええ。お恥ずかしい話ですが、どうしようもない放蕩息子でした。悪い仲間も多かったし、どこぞで殺されたか……」

「ご心痛お察しします」

「いえ、清三郎はもう勘当した身。どこぞで野垂れ死んでいようが、福原屋とは関係ありません。どうしてあんな子どもが生まれたのか。他の兄弟姉妹がまともなのに、清三郎だけが狂ってしまいました。正直言いまして、今さら帰って来られても迷惑なのです。いえ、行方不明になったと知ったとき、赤飯を炊きたいと思ったぐらいですから」

あのままだったら、福原屋の身代にも影響が出かねないと、当時は親族一同の悩みの種だったという。

清三郎は何人かの女を手込めにし、そのたびに金を払って示談にしてもらったと、福原屋が苦労を語った。

その夜、栄次郎は美代吉ことお美津を、河岸で待った。

船宿を出た屋根船が、柳橋をぐって隅田川に出て行くところだった。

やがて、美代吉がやって来た。格子縞の渋い色の着物姿にかえって色香があふれていた。

栄次郎の顔を見たとたんに固い表情になったのは、栄次郎が何をしに来たのか、察しているからだろう。

「お呼び立てして申し訳ありません」

栄次郎はまずそのことを詫びた。

「いいえ」

不安そうにお美津は答える。

「美代吉さんは、常次という男をご存じですね」

「はい」

一瞬、目を瞠《みは》ったが、諦めたように素直に認めた。

「踊りの会のとき、現れたのが常次さんですね」

「…………」

「そうですね」

「…………」

「常次さんとは何かあったのでしょうか」

少し間があってから、お美津は口を開いた。

「五年前、私は福原屋さんの清三郎さんに言い寄られていました。あるとき、待ち伏せされて、近くのお寺の境内に連れ込まれたことがありました。手込めにされそうになったとき、常次さんが助けに入ってくれたのです」

「すると、常次さんは恩人というわけですか」

「いえ。お父っつぁんが、常次さんにどんな礼でもするから清三郎を私に近づけないようにしてくれと頼んでいたのです」

「そうでしたか。で、そのとき常次さんと清三郎さんの間で何かが起こったんですね」

「私は駆けつけてきたお父っつぁんと喜助さんに連れられてその場から逃げましたから、そのあとで起こったことは目にしていません。ふたりのところに戻ったお父っつぁんと喜助さんから聞かされたことですが、常次さんが匕首で清三郎さんを刺し殺してしまったということです」

「殺した？」

栄次郎は不意をつかれたように戸惑った。清三郎は行方不明ということになっているのだ。

「じゃあ、清三郎さんの死体は？」

「わかりません。たぶん、お父っつぁんと喜助さんが何かをやったのだと思います」

「そういうことでしょうね。それで、常次さんはしばらく江戸を離れることになったんですね」

「はい。そのとき、常次さんは江戸に戻ったら私をもらいに来るからと、そう言い残していったんです。お父っつぁんがどんな礼でもするというのを、常次さんは、私を嫁にもらえると勝手に思い込んでしまったようでした」

「なるほど。それにしてもどうして、お美津さんのお父さんは、常次さんを知っていたんですか」

「常次さんは浅草の盛り場をうろついていた男です。常次さんのほうからお父っつぁんに清三郎から守ってやると話を持ちかけてきたそうです」

「そういうわけでしたか」

福原屋の放蕩息子の清三郎は、浅草仲見世でお美津に岡惚れをし、我が物にしようと執拗に絡んだ。困り果てたお美津の父親は、地回りの常次から用心棒の話を持ち込まれて了承したのだろう。常次にお美津を手に入れたいという下心があったことを知らずに。

「踊りの会の夜、常次さんに会いましたか」

「いえ、会っていません」

「お美津さん。常次さんは今、押込みの疑いで牢内にいます。この件は無実ではないかと思われます。でも、もし今の話が事実なら、常次さんは清三郎さんを殺したことになります」

「はい」

「常次さんから逃れるためには、清三郎さん殺しで常次さんを訴えればいいのかもしれません。でも、そうなると、あなたもお白州に呼ばれ、いろいろ当時のことを調べられるかもしれません」

　お美津の顔が青ざめたように思えた。

「もし、そうなったら、あなたは困るでしょうね」

　お美津は微かに頷いた。

「わかりました。きっと、あなたが無事に祝言を挙げられるようにいたします」

　お美津は不安そうな顔をした。

「だいじょうぶです。私に任せてください」

そう言い切ったが、栄次郎にいい思案があるわけではなかった。しかし、まずお美津の語ったことが正しいか、喜助に訊ねるしかなかった。

六

翌日、浅草聖天町の長屋に行き、再び喜助に会った。

「五年前、ここで何があったのか、教えていただけませんか」

栄次郎が切り出すと、喜助がうんざりしたような顔で、

「お侍さん。何を仰《おっしゃ》っているのかわかりませんが」

「福原屋の清三郎をどうしたのか、教えていただきたいのです」

「さあて、栄次郎さんが何を言っているのか、さっぱり」

喜助は首を横に振る。

「お美津さんから話を聞きました。お美津さんに言い寄っていた清三郎を追い払うために常次を使った。ところが、常次は清三郎を殺してしまった。そういうことですね」

「栄次郎さん。いったい、何をしようとしているんですね」

喜助の声が引きつったようになり、その表情も強張《こわば》っていた。

「ひょんなことからお美津さんと常次さんを知ってしまったんですよ。常次さんは無実の罪で大番屋にいる。なんとか助けてあげたいんですよ」

「無実の罪だって、どうしてわかるんですかえ」

「あの夜、常次さんは誰かと会っていたんですよ。その相手は喜助さん、あなたじゃないんですか」

「なぜ、あたしがあの男に会わなきゃならなかったんですね」

「あなたも踊りの会に来ていた。そこで、常次を見た。いやそればかりでなく、常次に近づき、今夜会おうと言って、どこかで待ち合わせした。美代吉さん、いやお美津さんに気づかれないように、片づけようと思ったんじゃないですか」

「………」

「その夜、あなたは隅田川の傍で常次に会った。そして、お美津さんに近づかないでくれと頼んだ。だが、常次は以前の約束を楯に承知しない。お美津さんを連れて江戸を離れると言い張った。そうではありませんか」

喜助の顔つきは厳しいものになっていた。

「だから、あなたは雪駄屋の夫婦に頼んで押込みに入られたように装ってもらい、常次を犯人に仕立てた。雪駄屋から逃げて行く常次を見たと証言した男も、あなたの知り合いではないんですか」

「栄次郎さん。それだったら、常次はそのことを正直に言うはずだ。お役人はあたしのところにはやって来なかった」

「それは、常次にも弱みがあるから、正直に言えないんですよ」

「弱みだと？」

「清三郎のことですよ。自分が常次だとわかれば、清三郎殺しを追及されると思っているからですよ」

喜助は顔を歪めた。

「喜助さん。私は何も常次の味方をしたいと思っているわけではありません。お美津さんに幸せになってもらいたいと思っているんです。そのためには、いくらお美津さんの知らないこととはいえ、こんな手段をとっていてはだめだと思うのです」

「だからって、どうしたらいいのか」

「何か打つ手があるはずです。そのためにも、一切を話してくれませんか」

喜助は俯いている。

「まず五年前、何があったのか。清三郎がお美津さんを手込めにしようとしたときに、常次が助けに入って、匕首で清三郎を刺し殺してしまったということはお美津さんから聞きました。そのあとのことです」

栄次郎は問い質した。

「常次が清三郎ともみ合っているとき、あたしはお美津ちゃんをすぐにその場から引き上げさせた。そのあとで、常次の匕首が清三郎の腹に。清三郎は匕首を腹に突っ立てたまま体をぴくぴくさせていた。常次も狼狽していた。威すつもりが、殺してしまったんだ。そんとき、あたしは常次に言ったんだ。あとのことは任せてすぐ江戸を離れろと」

「ほとぼりが冷めた頃、必ずお美津をもらいに来ると言い残して、常次は去って行った。そういうことですね」

「そうだ。そのあとで、寺の住職に頼んで死体を隠してもらったんだ」

「なぜ、そのとき、正直に訴え出なかったのですか。死体など隠さず、お役人に訴え出れば、よかったと思うのですが」

「そうはいかない。お美津やおやじさんやあたしたちが関わっているんだ。ただじゃ、すまない」

「そうでしょうか。確かに、なんらかのお仕置きはあるかもしれませんが、お美津さんには影響がなかったはず。それなのにどうしてでしょうか」

「…………」

喜助が口を閉ざした。

「喜助さん。清三郎はまだ生きていたんじゃないんですか」

栄次郎が言うと、喜助は急にうろたえたように目を泳がせた。

「まだ息があった。そのとき、誰かがもう一撃、加えたのではないですか。腹に突き刺さった匕首を抜いて、今度は心の臓目掛けて突き刺した」

喜助がうっとうめき声を発して、うなだれた。

「そうなんですね。それをやったのは、おそらくお美津さんの父親でしょう。だから、死体を隠す必要があった。そうじゃないんですか」

喜助は顔を上げて何か言いたそうに口を開いたが、声にならなかった。

「そのことはお美津さんも知らないことですね」

喜助から深いため息がもれた。

「知っているのはあたしとお寺の住職だけだ。住職は毎日、清三郎の回向をしているってことだ」

「福原屋のほうは清三郎がいなくなって大騒ぎするどころか、かえって厄介払いが出来たと、喜んでいたようですね」

喜助が恐ろしい顔になって、

「まさか、このことをお役人に訴えるつもりじゃ？」

「安心してください。そんな真似はしませんよ」

栄次郎はきっぱりと言い、

「常次さんを無実の罪から救ってあげたいのです。もちろん、お美津さんのことは諦めさせます」

栄次郎はまた新八の力を借りるしかないと思った。


二日後、田原町の菓子屋に手拭いで頬被りをした押込みが入り、老夫婦が縛られ、十両が盗まれた。雪駄屋に押し入った盗人の手口と同じで、同じ犯人と思われた。さらに、喜助が事件の夜、常次と会っていたことを訴え出たために、常次の容疑が晴れた。

じつは菓子屋に押し入ったのは新八だった。もちろん、盗んだ金はあとでこっそり返しておくことになっていた。

常次が無罪放免された日、栄次郎は大番屋の前で待っていた。

「あなたはいつぞやの」

眩《まぶ》しそうに手をかざして陽光を避けていた常次が、栄次郎に気づいて手を下ろした。

「ええ、矢内栄次郎と申します。何も言わず、私のあとについて来ていただけませんか。悪いようにはしません」

栄次郎は武家地を抜けて蔵前通りに出た。常次は黙ってついて来た。

栄次郎はお秋の家に連れて行き、二階の小部屋に常次を招じた。

「さあ、お座りください」

覚悟を決めたように、常次があぐらをかいた。

お秋が茶をいれて持って来た。

「今度の件、いろいろ腑に落ちないところがあったと思います」

栄次郎が切り出した。

「わかっているさ。喜助のやつが俺をはめやがったんだ」

乱暴な口調だったが、その声に力はなかった。

「常次さん。なぜ、喜助さんがそうしなければならなかったのか、そのことだってわかっているのでしょう」

「お美津のことだ」

「ええ。あなたはお美津さんを、自分のものに出来ると思い込んだのでしょうが、それは違います」

「冗談じゃねえ。俺はお美津が手に入ると思うから清三郎を手にかけてしまったんだ」

「常次さんは三島でどんな暮らしをしていたんですか」

「旅籠の下働きだ」

「ひとりで？」

「そうさ」

「誰かといっしょに暮らしていたんじゃないのですか」

「なに？」

「およねさんを知っていますね」

「およね？　どうして、およねのことを？」

「今、江戸に来ていますよ。あなたを探しにね」

「なんだと、あの女が」

常次がうろたえた。

「あなたのことを一途《いちず》に思っているんですよ。あなたはそのおよねさんに、浅草の聖天さまの近くに俺の許嫁が待っていると言って、三島を出て来たそうですね。なんて、ひどいことを言ったのだとは思いませんか」

「そう言わないと、およねは俺から離れていかないと思ったんだ」

「常次さん。はっきり言いますが、お美津さんとの約束は、あなたの勝手な思い込みに過ぎなかったんです。もし、それでもお美津さんを付け狙うというなら、私が相手になるしかありません。いや、笠屋の伝兵衛親分だって許しはしないでしょう」

常次は唇を噛んだ。

「およねはよく気のつくいい女だ。だが俺はふつうに暮らせる男じゃねえんだ。俺はこの手を汚しちまっているんだ」

常次は両手を開いてみせた。

「清三郎さんのことですね」

「ああ、俺はあんとき、本気でお美津を自分のものに出来ると思ったのだ。だから、清三郎を……」

「ずっとそのことで責め苛《さいな》まれてきたのですね」

「そうだ。このままじゃ、およねまで不幸にしてしまう。それにいつ手配がまわってくるか、毎日怯え続けていたんだ。こんな気持ちで暮らしているより、江戸に出てお美津にひと目会いたいと思ったのだ。俺だってばかじゃない。あんな約束が通用するとは思っちゃいなかった。だが、お美津が芸者に出て、あの日、踊りの会にも出ると聞いたんだ。だから、会いに行った。いい女だ。たまらなかった。俺がいなければ、あの女は清三郎に殺されていたはずだ。あの清三郎って奴は狂っていやがった。自分のものに出来なければ、お美津を殺して自分も死ぬつもりだったんだ。美代吉として舞台で踊っていられるのも、俺のお蔭じゃねえかと思ったら、何のことはねえ、俺もお美津が俺のものにならなければ、お美津を殺して自分も死のうと自棄《やけ》っぱちになっていたんだ」

「常次さん。清三郎さんは行方不明のままなんですよ」

「行方不明？　それはいったいどういうわけで？」

「常次さんが逃げたあと、お美津さんの父親や喜助さんが、清三郎さんの死体を永久にわからない場所に隠したんですよ。だから、事件にはなっていないんです」

「それはほんとうですか。どこに、隠したんです」

「それは言えません。ただ、言えることは、永久に見つけ出せないところだ、ということです」

「そうだったのか。でも、この手を汚しちまったことは間違いねえんだ」

「これは落ち着いて聞いてください。なぜ、父親や喜助さんが死体を隠したのか。ふつうだったら、正直に言えばいい。そうすれば、あなたは捕まって獄門になるんです。ふたりの邪魔者がいなくなるところだった。それが出来なかったのは、清三郎を殺したのはあなたじゃなかったということです」

常次は唖然としている。

「あなたが清三郎を刺して逃げたあとも、清三郎はまだ息があった。そのままにしていても、いずれ清三郎は死んだかもしれない。でも、まだ生きているというので、お美津さんの父親が匕首を抜いて、心の臓目掛けて突き刺したんです」

「なんと」

「だからといって、常次さんの心の負担がどれだけ軽くなるかはわかりませんが、少なくとも清三郎さんの事件に関わったのは、常次さんだけじゃなかった。それから、清三郎さんの父親の福原屋さんにとっても、とうに匙を投げた息子だったそうです。勘当はしたものの、いつかお店に災いをもたらすと怯えていたんだそうです。だから、行方不明になってほっとしていたそうです。もし、誰かが殺してくれていたのなら、その方にお礼が言いたいとまで言っていました」

常次が拳を握りしめた。

「常次さん」

　女の声に、常次がはっと顔を上げた。

「およね」

　およねが駆け寄った。

「おまえ、俺を迎えに来てくれたのか」

「あたしにはおまえさんしかいないんだよ。どうして、あたしを置いて行ったのさ」

　およねは常次にしがみついた。

「すまない、心配かけて」

「おまえさん」

　泣きじゃくるおよねを、常次が抱きしめた。

「常次さん。笠屋の親方が、もし常次さんとおよねさんが江戸で暮らしたいのなら面倒をみると仰ってくださっています」

　栄次郎が言う。

「いや。あっしは新しく生まれ変わるつもりです。こいつといっしょに三島に帰ります。三島で骨を埋めます」

　常次がきっぱりと言った。

常次とおよねが江戸を発った日、浅草黒船町のお秋の家に行くと、おゆうが待っていた。

「栄次郎さん。もうじきですよ、温習会は。まだ、満足に栄次郎さんの糸で唄っていないんです」

いきなり、おゆうがなじるように言う。

「わかりました。きょうはみっちりやりましょう」

栄次郎が三味線を持つと、梯子段を上がって来る音がした。

「どうぞ、ごゆるりと」

お秋の声が聞こえてきた。

また、真っ昼間から客の男女がやって来たのだ。栄次郎は落ち着きをなくしたが、おゆうはすましていた。

やがて、微かな声が聞こえてきた。

「おゆうさん。外に出ませんか」

「いいえ、『黒髪』を浚います」

まるで栄次郎の困った顔を楽しむように、おゆうは微笑んだ。

第三話　竹屋の渡し

一

薬研堀《やげんぼり》の料理屋『久もと』の奥座敷に行くと、すでにその御方は若い芸者をふたり侍《はべ》らせて酒を呑んでいた。

「おう、栄次郎。よく来た。さあ、これへ」

その御方はにこやかに言った。

「お招きいただいてありがとうございます」

栄次郎は自分のための箱膳の前に座った。

細面の芸者がすすっと栄次郎の脇にやって来て、細い指で銚子をつまんだ。

「すみません。呑めないほうなので」

「呑めないのか」

その御方は意外そうな顔をした。

父が生前にたいそう世話になった御方だというだけで、どういう身分で、なんという名前かも栄次郎には知らされていない。

ただ、相当な身分の御方であることは間違いない。

前回会ったときは頭巾をかぶっていたが、さすがにこういう場所では顔を晒している。

眉が濃く、鼻梁が高く、気品がある。五十前後と思えるが、にこやかな表情は若者のようでもある。いかにも遊び馴れているらしく、ゆったりとした様子で芸者の酌を受けている。

「父もこういう場所に来たのでしょうか」

父もこの御方に誘われて、こういう場所に来たことがあるのかと、栄次郎はきいたのだが、その御方は目元に笑みを湛《たた》え、

「いや、こういう場所が苦手だったようだ」

と、たのしそうに盃を口に運んだ。

「御前さま、栄次郎さまとはどのような？」

若い芸者がきいた。

「歳の離れた友よ」

芸者がその御方のことを御前と呼んでいたので、栄次郎もそう呼ぶことにしようと思った。

御前は、ときおり芸者にきわどい冗談を言うが、それが決していやらしくなく、栄次郎もその洒脱さに感心した。

「まあ、きれい」

芸者のひとりが庭越しに夜空に上がった大輪に声を上げた。隅田川の川開きが済んで、両国では花火が打ち上げられている。隅田川にはたくさんの屋形船や屋根船が出ているに違いない。

「栄次郎。そろそろ、おまえさんの喉と糸を聞かせてくれないか」

「はい」

芸者が立ち上がり、座敷の隅に置いてあった三味線を大切そうに抱えて持って来た。

三味線は芸者の魂である。

「では、お借りいたします」

栄次郎は丁寧に受け取って三味線を構えて、糸を弾いて調子を合わせながら、

「何がよろしいでしょうか」

と、きいた。

「なんでもよい。そなたの好きなものでよい」

「あまり長いものでもいけません。私は唄のほうは自信はありませんが、それでは『五大力』を」

寛政五年に江戸都座《みやこざ》で上演された初代並木五瓶《なみきごへい》作『五大力恋縅《ごだいりきこいのふうじめ》』の中で、芸者小万《こまん》が恋人の源五兵衛《げんごべえ》に心変わりをせぬ誓いの証に、自分の三味線に五大力と書く場面に使われている。

三の糸を一音下げた、三下りに三味線の糸を合わせ、栄次郎は静かに弾きだし、そして唄いはじめた。

いつまで草のいつまでも
なまなかまみえ物思ふ、たとえせかれて程経《ほどふ》るとても
縁と時節の末を待つ、何とせう……

文句は手紙の文章になっており、栄次郎はよく伸びる高音で、情感深く唄い上げた。

「栄次郎。見事なものだ」

御前が感心した。

「今度は御前の番です」

栄次郎は勧めた。

「よし、短いものをひとついくか。何がよいかな」

この御方の喉が、どの程度のものかわからないので、江戸っ子なら誰もが口ずさみ、それでいて唄の味わいも深い、『夜ざくら』を勧めてみた。

「季節ではありませぬが、『夜ざくら』などいかがでしょうか」

夜桜といえば吉原。吉原通いのことを、夜桜見物という。

「いいだろう」

御前は余裕で応じた。

夜ざくらや、浮かれ烏がまいまいと
花の木陰に誰やらがいるわいな
とぼけしゃんすな、芽吹き柳が……

栄次郎の糸に合わせて、御前は軽妙洒脱に唄い上げた。

その他、二つ程唄い上げたが、栄次郎はその声の巧みさに驚いた。

「御前には感服いたしました」

「いやいや、栄次郎こそ糸も素晴らしいが唄もたいしたものだ。やはり血というものは争えん……」

御前ははっとしたように、声を呑んだ。

「どういうことでしょうか」

「いや。そなたの父も端唄が好きだったということだ」

しかし、さっきは父はこういう場所が苦手だったという話をしていたのだ。そのことを問おうとしたとき、御前が立ち上がった。

「厠《かわや》だ」

御前が去ったあと、栄次郎は残った芸者にそれとなく御前の本名をきいてみたが、芸者は首を振った。

「御前さまとしか……」

その言い方に偽りはなさそうだった。

おそらく本名を知っているのは女将ぐらいなのかもしれない。が、たとえ知っていようが他人には教えないだろう。

御前が帰って来て、再び呑みはじめ、今度は芸者の糸で都々逸《どどいつ》を唄った。粋な姿に、栄次郎は自分も年取ったらこういう男になりたいと思った。


御前を残し、栄次郎が『久もと』を出たのは五つ半（九時）を大きくまわっていた。

両国広小路にはまだ人出が残っていたが、夏の川開きの期間には夜の営業を許されている寄席や見世物小屋もそろそろ店仕舞いをしている。

両国広小路を突っ切り、晩夏の夜風を頬に受けながら、柳原の土手に差しかかった。

野犬が横切ったあと、手拭いをかぶり、筵《むしろ》を小脇に抱えた女がふいに暗がりから現れた。この界隈は夜鷹が出没すると聞いていたが、この時間に栄次郎が通るのははじめてだった。

「お侍さん。どう？」

白粉を濃く塗っているが、若い女だ。

「遊んできたばかりです」

栄次郎が言い訳をすると、女はすっと離れて行った。

土手には夜鷹目当ての男の姿も見える。

今度は年増だが、見映《みば》えのよい女が近寄って来た。明るい場所で見ればそれなりな皺もわかるのだろうが、豊満な肉体を誇示するように胸を突き出してきた。

「どう？　遊んでいかない？」

「もう、遊んできました」

だが、栄次郎はここでもさっきと同じように答えた。

断りながら、すまないと内心で呟く。

これでは歩けないと土手を避け、昼間は古着を売っている辺りに差しかかったとき、またも女が現れた。

「お兄さん。どう」

汚れた手拭いの下の顔は、細いというより窶《やつ》れていた。頬がこけ、目だけが異様に大きい。歳の頃は二十五前後と思える。

「ねえ、遊んでいきなよ」

言葉は蓮っ葉な感じだが、どことなく身についていない感じがした。

時々、軽い咳をしている。

「私はさっき遊んできたばかりなんです。でも」

どうして、そういう気持ちになったのか、自分でもよくわからなかった。色欲ではなく、この女をこのまま突き放してはいけないような思いにかられたのだ。どう見ても、病的に痩せたこの女に、あまり客はつかないだろうと思った。だから、哀れんだのだろうか。

栄次郎は女のあとについて行った。途中、繁みの中で絡み合っている男女を見かけた。

「川の傍《そば》に行きませんか」

「川の傍？」

女が訝《いぶか》しげに見返した。

栄次郎はさっさと土手を下って神田川の辺《ほとり》に立った。

川面に映っている船宿の明かりが揺れた。船が行き過ぎたのだ。隅田川に向かう船と、隅田川から入って来た船が行き交《か》う。

「ここに腰かけませんか」

栄次郎は腰のものを鞘ごと抜いて、大きな石に腰を下ろした。その少し先にちょうど手頃な石がある。

「しないの？」

女がきいた。

「したいからついて来たんでしょう」

下品な言葉を使っているが、やはり板についていないような違和感を持った。

「さっき言いましたように、もう遊んで来たあとなんです。ただ、人恋しい気持ちだったので、あなたに話し相手になってもらおうとしたんです。お金ならちゃんと払います」

「ばかにおしでないよ」

女が低い声で怒鳴った。

「あたしは物乞いじゃないんだ」

「そうは思っていませんよ。それに、僅かな時間でも、私はあなたを買ったんだ。どうしようと、私の勝手ではないのですか」

栄次郎はわざと強気に出た。

しばらく女は気負っていたが、ふと力を抜いたように笑った。

「妙なひとねえ」

呆れたような言い方だった。

女は黙って石に腰を下ろした。その仕種《しぐさ》に身についた気品のようなものが残っているように感じられた。

ひょっとして、その気品のようなものが、自分を引きつけたのかもしれないと思った。

いつか兄弟子の杵屋吉次郎こと坂本東次郎から言われたことがある。

「おまえさんは女郎を買ったことはあるかい。いや、そうじゃない。もっと下等な、そう夜鷹とか船饅頭とかだ」

いいえと答えると、東次郎はこう言った。

「そういう下賤の人間とも睦み合わなければ、唄や糸に艶《つや》は出ない」

人情を唄い、人情を表現するために糸を弾くのだ。下々のうめき声を知らなきゃだめだと、東次郎は言うが、ほんとうにそうなのか、栄次郎にはわからない。

確かに、東次郎は吉原でも遊ぶし、深川の花街にも行く。そして、夜鷹とも遊んでいる。東次郎の唄や三味線には艶があり、味がある。

「おまえさんが夜鷹に手を出せないとしたら、おまえさんに驕《おご》りがあるんだ。下々の人間を見下している傲慢さがあるからだ。それじゃ、ひとの心を打つ音は出せないな」

栄次郎は波打ち際に寄せる波音を聞いていた。その波音がいつしか糸の音に変わっていた。

同じように撥《ばち》で糸を弾くだけなのに、三味線の音はまったく違う。もっと厳しい人生の現実を知らなければ唄も三味線もいい味が出ないものなのだろうか。今の自分の生活には切羽詰まったものはない。それではだめなのだろうか。

傍らにいる女はどんな事情からこういう稼業に入ったのか。それを知りたい気もするが、そういうことはきくべきことではない。

ずいぶん長い時間ここにいるような気もするが、さっきの船はまだ見えるところにいた。

「なぜ、黙っているの？」

女が静かな声できいた。

「口を開けば、あなたの身の上のことをきいてしまいそうなんです」

栄次郎は正直に答えた。

「もう時間よ」

女が話題を避けるように言った。

立ち上がって、栄次郎は財布から一朱金を取り出した。

「細かいのはないの？　ちょんの間《ま》だから二十四文よ」

夜泣き蕎麦屋の蕎麦一杯が十六文だから、蕎麦の値段より少し多いだけだ。仕事の位として、上のほうに位置する大工の一日の手間賃は三百文ぐらい。

金銀銭相場で栄次郎の差し出した一朱金は、銭三百ないし四百文ぐらいだから、大工の一日の手間賃より少し多めであった。

「いいですよ。とっておいてください。無理を言って付き合ってもらったのですから」

「何もしてないのに、こんなにもらうわけにはいきません」

女は怒ったように言う。

夜鷹とはいえ、物乞いではないのだ。その誇りを踏みにじってはならない。

「じゃあ。少し、こうしておいてください」

栄次郎は女の手をとって自分の胸に引き寄せた。あっと、女は軽い声を上げて栄次郎の胸に倒れかかった。栄次郎は両手を軽く相手の肩と腰にまわした。

ごつごつした体だ。痩せている。これでは客がつきにくいのではないかと心配された。栄次郎はしばらく女を立ったまま抱きしめていた。女はあらがうことなく、されるがままにいた。

いい匂いだ。女の体臭だろうか。その匂いを嗅いだとき、この女は心まで荒《すさ》んではいないのだと思った。

月が僅かに移動した。

栄次郎は女の体を離した。女は不思議そうな顔をしていた。

「明日もいるんですか」

女はこくりと頷いた。

「じゃあ、明日」

栄次郎は足早に土手を上がった。

土手の上で振り返ると、女はじっと見送っていた。

翌日の夜も、栄次郎は柳原の土手にやって来て、きのうの女を探した。

四半刻（三十分）ほど待つ間に、女が現れた。栄次郎がいたことに信じられないような顔をしていた。

（どうして？）

口には出さないが、女の目はそう言っていた。

栄次郎は黙って歩き出した。女もついて来た。きのうと同じ場所だ。かなたの船宿からにぎやかな声が聞こえる。

まったくきのうと同じ時間が流れた。ときたま遠音に三味線の音が聞こえ、男女のひそひそ話が聞こえて来る。他の夜鷹と客の話し声だ。それが途絶えると、辺りは寂《せき》とした。

　別れ際、女を抱き締めたのもきのうと同じだった。

　そして、一朱を出したが、女は受け取ろうとしなかった。

「もうもらっているから」

「いいえ、きのうはきのうです。受け取ってください」

「言ったはずよ。私は物貰いじゃないの」

　強く言ったあと、女が咳き込んだ。

「あなたは体調を崩していらっしゃる。もし余分なお金だと思っているのならそのぶんだけ休みをとって、体を治してください」

　栄次郎は一朱を女の手に握らせた。

「じゃあ、明日」

「待って。いつまでこんな真似をするつもり?」

「さあ」

　栄次郎は答えた。

　土手を駆け上がろうとしたとき、

「待って」

と、女が呼び止めた。

「お願いがあります」

それは今までと違って、凛《りん》とした言葉づかいだった。

栄次郎は女の前に戻った。そこにいるのは夜鷹風情ではない、ひとりの女が立っているのだと思った。

「なんでしょうか。私に出来ることなら」

栄次郎は覚えず緊張して答えた。

二

朝早くから蜩《ひぐらし》が鳴いていた。

薪小屋の横にある枝垂れ柳が、朝陽を浴びて美しい緑を見せていた。

栄次郎はしなやかな枝の一本に狙いを定め、静かに膝を曲げ、居合腰に構えた。

風がそよと枝を動かした。その刹那、右足を踏み込んで伸び上がりながら、栄次郎は刀を鞘走らせた。

刀を鞘に納め、再び居合腰に構え、呼吸を整え、抜刀する。

朝陽がだんだん昇って来た。額から汗が滴《したた》り落ちた。

素振りを終え、体を拭き終わったとき、女中がやって来て、母が呼んでいることを告げた。

栄次郎が出向くと、母は仏壇の前から離れ、栄次郎の前に腰を下ろした。

母に見つめられると、栄次郎は射《い》すくめられたようになる。いつ三味線を弾いていることに気づかれるのか。その怯《おび》えが栄次郎を萎縮させるのだ。

「母上。どのような御用でございましょうか」

母の顔色を窺う。

「あの御方とお会いになられたそうですね」

母が表情を変えずに切り出した。

「はい。料理屋で御馳走になりました」

「たいそう楽しかったそうではありませぬか。あの御方はとても喜んでおられたとか」

ときたま、矢内家には客人が訪れる。奉公人の話では、きのうの昼間もいつもの老武士がやって来たという。

その老武士から話を聞いたようだ。

「あの御方もお歳を召されて寂しいのでしょう。ちょうど栄次郎がいい話し相手なのでしょう。これからも、お誘いがあったら、付き合って差し上げなさい」

「はい。そのつもりです」

栄次郎は口調を改めて、

「ときに母上、あの御方と私は、どのような関係なのでしょうか。何か因縁があるような気がしてならないのですが」

「あの御方はそなたの父上の恩人。ですから、幼少の頃のそなたをよく存じているのです。そういうこともあって、そなたのことに格別な思い入れがあるのでしょう」

母の目にいくぶん動揺の色が浮かんだような気がした。

「もうよろしい」

あの御方と栄次郎との関係に話が及ぶと、母は急に話を切り上げようとする。どうもそのことに触れられたくないようだ。

自分に関わる何か秘密があるような気がしてならなかったが、それが何なのかはさっぱりわからない。

だが、ひとつだけ大きな発見があった。母との話を切り上げたいときは、あの御方のことを持ち出せばいいということだった。

栄次郎はいったん部屋に戻ってから腰のものを手にして、玄関に向かった。

陽射しが強い。きょうも残暑は厳しそうだった。


元鳥越の杵屋吉右衛門師匠の稽古場の格子戸を開くと、若い女がつきそいの老婆といっしょに出て来たのとすれ違った。

桃割の初々しい娘が恥じらうように会釈をして去って行った。

改めて土間に入ると、三味線と唄声が聞こえてきた。

今、稽古をしているのは新八だった。隣りの部屋に稽古の順番を待つ弟子がふたりいた。栄次郎が入って行くと、

「今、娘さんに会いましたでしょう。今度、入門される大店のお嬢さまですよ」

と、大工の棟梁が栄次郎に教えた。

「近頃では、芸事にもどんどん女のひとも進出してきますね」

江戸の遊芸世界は、ほとんどが男で占められていたのだが、最近では娘が踊りや三味線を習うようになってきた。

「お嫁入りやお屋敷奉公に有利な条件らしいですからな。うちの嫁も踊りを習ってい

ましたよ」

呉服問屋『越後屋』の旦那が言う。

稽古の番になって、栄次郎は師匠の前に進んだ。

「栄次郎さん。そろそろいいのではありませんか」

名取《なとり》の話だ。

じつは、栄次郎には名取の話が前々から出ていたのだが、栄次郎は遠慮をしてきた。まだ、名をもらうだけの力が身についていないという自分の判断だったが、それだけでなく、母に内緒で三味線を習っていることに負い目があるのに、名取までとってしまうのは、なんとなく気が引けるのだ。

「栄次郎さんはもう実力的には申し分ありません。まあ、考えておいてください」

「わかりました」

江戸の町人は遊びの世界で通用する名をとり、別世界の人間になって楽しんでいる。いや、別の名前を持つのは町人だけでなく、武士の間でも盛んだ。中にはひとりで、いろいろな分野の名前をたくさん持っている人間もいるのだ。

遊びの世界だが、そこで腕がよければ、職人の子でも、長屋の生まれでも、その分野で師匠と呼ばれる身分になることも夢ではないのだ。そこには世俗の人間関係とはまったく別な人間関係が生まれるのだ。

事実、この杵屋吉右衛門師匠だって、元はといえば薬種問屋の長男。店を次男に譲って、自分は長唄の世界に入ったのだ。

その師匠に三味線の手を何カ所か直されたが、どうしても一カ所だけ手がついていかないところもあった。

稽古を終えて引き上げようとしたとき、待っていた新八と連れ立って外に出た。

新八は相模の大金持ちの三男坊と名乗っているが、実は盗人である。どういうわけか、この新八とは気が合うのだ。

「栄次郎さん。これからどこかへ？」

新八がきいた。

「ええ。ちょっと山谷《さんや》まで」

「山谷ですかえ。まさか、吉原へ」

「そうじゃありませんよ。竹屋《たけや》の渡しまで。それより新八さん、何か」

「たまには栄次郎さんと芸の話でもしたいと思っていたのですよ」

「そうですか。それでしたら、しばらく待っていただけたら」

「すぐに終わるんですかえ」

「ええ。ひとに頼まれて渡し物をするだけですから」

「そうですか。じゃあ、ごいっしょしてもいいですか。邪魔しませんから」

「もちろん、構いませんよ」

そんなやりとりがあって、栄次郎は新八と共に蔵前通りに出て、駒形から花川戸に向かい、浅草聖天町にやって来た。

待乳山下で山谷堀が隅田川から入り込んでいるが、そこにある船宿と対岸の三囲《みめぐり》神社の鳥居下の船着場までを渡し船が連絡している。

栄次郎は川風を受けながら、土手下の木陰で船が着くのを待った。

対岸のさらに上流にあるこんもりとした杜《もり》は嬉野《うれしの》の杜で、水神の隅田川神社や梅若伝説で有名な木母寺がある。かなたには筑波《つくば》の山々が望め、この上の待乳山に登ると、眺望はさらに素晴らしくなる。

隅田川にはたくさんの涼み船が出ており、猪牙《ちょき》船がひっきりなしに山谷堀に入って来る。上流にある橋場の渡し船が川の真ん中辺りに進んだのを見たが、三囲神社の鳥居下の船着場では、今ようやく船が出たところだった。

「どういう方なんですかえ。ひょっとして女子?」

新八が興味深そうにきいた。

「いえ、男です。歳は二十八。中肉中背の色白の男。そうそう、顎に黒子《ほくろ》があるそうです。じつは私も顔を知らないのです。名前が太助《たすけ》。わかっているのはそれだけなんです」

「どうやら、栄次郎さんのお節介病のようですね」

新八が苦笑した。

お節介病。そう、これは亡き父譲りで、栄次郎の病気のようなものかもしれない。ひとの困った顔を見るのは辛い。喜ぶ姿を見ると、こっちまでうれしくなる。父はいつも、そう言っていたのだ。

船はようやく川の真ん中を過ぎた。

あの夜鷹の女は栄次郎を呼び止め、お願いがあると言った。名をお品《しな》といい、情夫は太助という。太助は一人前の板前になるために、寺島村《てらじま》にある大きな料理屋で修業に励んでいるという。

五年前、寺島村に向かう太助と、この渡船場で別れたのだ。

別れ際、太助が言った。

「お品、一人前の板前になるまで待ってくれ。そしたらおめえを迎えに来る。ふたりで、小さくとも店をやろう。いいか、五年後のこの日、ここで落ち合おう」

太助を乗せた船が向こう岸に着き、太助の姿が見えなくなっても、お品はここでじっと立っていた。

それが五年前の六月六日。あれからきょうまで、ふたりは会うこともなく、太助は板前の修業をしてきた。

だが、お品は水茶屋で働いて太助を待つつもりだったが、体を壊し、水茶屋で働けなくなった。やっと回復したが、いつしか夜鷹にまで落ちていた。それでも、いつか太助と店を持つのだという思いで働いて来た。

そして、約束の五年目がやって来た。だが、今は太助の前に出て行けるような自分ではないことに気づいた。

白粉《おしろい》焼けし、荒《すさ》みが体から滲み出ているのがわかる。それに、こんな窶《やつ》れた姿を見られたくない。代わりに会って来てくれないかと、お品は栄次郎に頭を下げたのだ。

栄次郎はお品から五両を預かってきた。夜鷹の稼ぎ、それもお品のような女が稼ぎ出すにはたいへんな額であろう。それを太助という男に渡してくれと差し出したのだ。

「太助さんが、一人前の板前さんになってくれることが、私にとっては第一なのです」

お品は太助と所帯を持つことを諦めているのだ。いや、身を引こうとしているのだ。

ゆっくりと船が近づいて来た。栄次郎は船の客を見た。武士と奉公人らしいふたり連れ。商家の内儀と女中らしいふたり連れ。飴売りの行商。商家の手代ふうの男。船の乗客の中に太助らしき男はいないようだった。

船が着き、乗客たちは皆、思い思いに土手に上がって、そして引き上げて行った。

ふと待乳山のほうに目をやったとき、二十七、八のこざっぱりした格好の男がひとりで船宿に向かって来た。

さてはとうに来ていて、聖天さまにお参りでもしていたのかと、栄次郎は腰を浮かしかけたとき、男の後ろから女が追いかけて来る姿があった。

男は女を待ち、ふたり並んで去って行った。

「違いました」

栄次郎は落胆して、新八に言った。

辺りを見回わすと、釣鐘建立と書いた旗を柳の木に立てかけて休んでいる僧がいた。本物の僧ではない。流し歩いて喜捨をしてもらう大道芸人だ。少し離れたところに、遊び人ふうの男がふたり腰を下ろしていて、ときたま渡し場のほうに目をやっていた。

それから四半刻（三十分）後に、もう一艘の船が着いた。その中にも、太助らしい男はいなかった。

陽が大きく傾いてきた。西陽が眩《まぶ》しい。

夕方までに何回も船が着いたが、とうとう太助らしい男は現れなかった。

「来ませんね」

新八が眉を寄せた。

「急に、来られない事情でも出来たのかもしれません」

「どうでしょうか」

新八が小首を傾げた。

「もし事情が出来たのなら、誰か代わりに行かせるんじゃないですかえ。なにしろ五年目の大事な日です」

確かに、お品は栄次郎に代わりを頼んだ。太助も、行けない事情が生じたのなら誰かに頼んで行ってもらうようにするだろう。

「頼める人間がいなかったとも考えられますよね。あるいは、日にちを間違えたのかもしれません」

栄次郎は自分をなぐさめるように言った。

「さあ、どうでしょうか。私は端《はな》から来る気がなかったんじゃないかって思いますね。五年間というのは長いとは思いませんか。ひょっとして、新しい女が出来たのかもしれない。いや、そもそも、そんな約束などとうに忘れてしまっているのかもしれません」

「そうでしょうか」

反論したかったが、太助が現れなかったのは事実だ。新八とふたりで見ていたのだから、決して見逃したわけではない。

夕暮れて、山谷堀の船宿は、吉原への客でますます賑やかになっていた。

渡し船の営業が終わってから、栄次郎は新八と共に引き上げた。

「念のために明日も来てみます」

何か言いかけたが、新八はすぐ諦めたように口をつぐんだ。

待乳山聖天様の下を通り掛かったとき、前方を行く男に気づいた。昼間、土手で休んでいたふたりの遊び人ふうの男のうちのひとりだ。

「あの男」

「どうしました？」

「昼間、土手にいました」

「土手に？」

「ええ、ふたりでした。もうひとりは先に引き上げたのでしょうか。まさかと思いますが……」

「ずいぶん痩せていますぜ。それに色も浅黒い」

「そうですね。でも、太助さんに頼まれて来たということも考えられます」

「ちょっと待ってください」

何を思ったのか、新八が小走りになり、前を行く男の脇をすり抜けた。と、ぶつかったらしく、新八が謝っている。そのまま、新八は先を急いだが、いつの間にか姿が消えた。

男は浅草に出て人ごみに紛れた。新八はどこへ消えたのか、栄次郎のところに戻って来なかった。


その夜、いつものように柳原の土手で待っていると、お品がやって来た。

結果を心待ちしていることが、女の表情から窺える。

「会えませんでした」

栄次郎は思い切って正直に答えるしかなかった。

落胆の声がお品から漏れた。

「忙しくて来られなかったのかもしれません」

栄次郎はなぐさめの言葉を投げかけた。

「これでよかったのかも……」

しばらく経ってから、お品が呟くように言った。

たとえ太助が現れたとしても、お品は太助と別れるつもりだったのだ。自分はこんなに汚れてしまったのだからと、お品はそう言うだろう。

お品の心中を察して、

「違います」

と、栄次郎はつい口にした。

「あなたは、こういう商売をしてまで、太助さんとの暮らしを夢見てきたのではないですか。あなたは決して汚れてはいません。だから、足を洗って、太助さんを待つのです」

「ありがとう。でも、もういいのです」

「太助さんの働いている料理屋はどこですか」

お品は驚いたような顔を向けた。

「太助さんに会ってきます」

「会ってどうするのですか」

今度は、栄次郎が不思議そうにお品の顔を見た。

「太助さんは来なかった。それが事実です。たとえ、どんな事情があったにせよ、来なかったという事実には変わりありません」

「でも、急病という可能性だってあります」

「いえ。あのひとは私との約束を忘れたのかもしれません。それはそれでよいことかもしれません。新しい生き方が見つかったのでしょうから」

お品は遠くを見つめるように言った。

「それを確かめてきます」

しばらく、お品は口をつぐんでいた。

再び、口が開いたとき、お品は泣き出しそうな顔で、

「秋葉《あきば》神社の門前にある『武蔵《むさし》屋』です」

と、太助が勤めている料理屋の名をはじめて言った。

鯉料理で評判の『武蔵屋』は名の通った向島の料理屋だ。そこで修業したのならば、今は相当な腕のいい板前になっているかもしれなかった。

「私はもともと下谷広小路にあった『月むら』という菓子屋の内儀でした」

お品が身の上を語り出した。

「私は夫とも姑ともうまくいかず、いつもいじめられていました。辛いとき、いつも不忍池の辺で佇《たたず》むのです。静かな風景を見ていると心が落ち着いてきます。そんなあるとき、やはりひとりで佇んでいる男のひとに出会いました。それが太助さんでした。太助さんは池之端仲町にある『川清《かわせい》』という料理屋で、板前をしていました。太助さんも辛い修業に耐えられなくなると、不忍池の辺に来ていたのです」

そこで何度か出会ううちに、いつしかふたりは忍び会うような仲になった。といっても、板前の太助の自由になる時間は昼間のほんのひとときしかなかった。

だが、そのことがいつしか夫の知るところになり、お品は裸同然で家を追い出された。一方の太助も、この件で女将の逆鱗《げきりん》に触れ、『川清』を辞めさせられた。

そんなふたりに手を差し伸べてくれたのが『川清』の主人だったという。

「ご主人は太助さんの腕を買ってくれていて、このままでは惜しいからと、『武蔵屋』さんに世話をしてくれることになったのです。そして、私にも浅草馬道《うまみち》にある水茶屋で働けるようにしてくれました。そのとき五年間は辛抱しろと。馬道と向島は竹屋の渡しですぐ。近くにいるのだから耐えられると思いました」

お品は静かに続けた。

「そうして、竹屋の渡しでの再会を約束して、太助さんは船で向島に向かい、私は水茶屋で働くようになったのです。『川清』のご主人も通ってくれました。ところが、何度か通ってくるうちに『川清』のご主人は、私を自分のものにしようと……。妾になることを私が断ると怒り出して、太助さんを辞めさせるようにしてやると威しました」

「ひどい男ですね」

栄次郎は憤慨した。

「そうして、私は水茶屋も辞めさせられました。それから深川の水茶屋に……。でも、女がひとり生きて行くのはたいへんで」

やがて、深川の水茶屋で客をとるようになっていった。

その後、病気になり、今では夜鷹稼業に落ちていた。

「私はこれまで何度、太助さん恋しさに『武蔵屋』さんの前に行ったか知れません。でも、会いたい気持ちを抑《おさ》えてきました。再会するのは、やはり約束通り船着場でと思ったからです」

でも、とお品は続けた。

「もう、いいのです。太助さんが私のことを忘れて新しい生き方をはじめたのなら、それを咎《とが》める理由はありません。太助さんは私と出会わなければ、池之端の料理屋で無事に過ごせたのですから」

お品はすべて諦めたかのように話したが、切れ長の目尻が濡れているのがわかった。

翌日、栄次郎は吾妻《あづま》橋を渡り、水戸家の下屋敷前から三囲神社を過ぎて、秋葉神社にやって来た。

『武蔵屋』は大きな門構えの店だ。ここで修業した板前はどこでも引く手あまたに違いない。太助はひとが変わってしまったのかもしれないという危惧がふと押し寄せた。

そんな悪い想像を追い払い、打ち水をしている女中に近づいて声をかけた。

「お訊ねしますが、こちらに太助さんという板前さんはおられるでしょうか」

「太助さん、ですか。いいえ、そんな板前さんはおりません」

「二十七、八歳で、色白の顎に黒子のあるひとです」

「いえ、おりません」

よそに鞍替えをした可能性もあるので、五年前からいる板前さんに会わせてくれないかと頼んだ。

こういうときには心付けが一番頼りになるということは、栄次郎は今ではすっかり学び得たことだ。

女中は急に愛想よくなって、奥に引っ込んだ。

鬢《びん》に白いものの目立つ男が出て来た。

「太助のことで何かお尋ねというのはお侍さまですかえ」

「そうです。太助さんをご存じなのですね」

「はい。知っています」

「太助さんに会いたいのですけど」

「太助は五年前に見習いで入って来ましたが、一年も経たずにここを辞めていきました」

「どうして？」

「悪い評判が立ちましてね。それでいられなくなってしまったんですよ。いい腕をしていたんですがね」

「悪い評判というのはどんな？」

「女癖が悪いというやつです。前に働いていたとき、客で来ていた旦那の内儀さんを誘惑したとか、そういう噂が流れましてね」

お品に言い寄っていた『川清』の旦那が、逆恨みからそんな噂を流したのだろう。

「で、太助さんがどこへ行ったかわかりますか」

「あたしの知り合いの小さな料理屋を紹介してやったんですが、そこも長続きをせず、すぐ辞めていったそうです」

「そこは、どうして辞めたんでしょうか」

「客と喧嘩をしたそうです。少し自棄《やけ》になっていたのかもしれませんねえ」

「そうですか」

念のためにその知り合いの小料理屋を教えてもらい、栄次郎はそこに向かった。

亀戸天満宮《かめいどてんまんぐう》の近くにある『福田家』は、小さな料理屋だった。いちおう門があるが、玄関までは僅かな距離で、建物も小さい。

ここでは小肥りのひとのよさそうな女将に会って話を聞いたが、思い出すまで相当な手間がかかったほど、太助の印象はなかった。喧嘩の件を持ち出して、ようやく思い出した。どこに行ったのかを、板場まで行ってきいてきてくれた。

当時の朋輩だった板前が本所《ほんじょ》一ツ目の『喜作』という居酒屋で見かけた、ということだった。

栄次郎は本所一ツ目にやって来た。

竪川沿いに面して店が見つかった。『喜作』は、さらに小さな店だった。太助はここに一年いたが、料理の腕はさんざんで、酒でしくじり辞めさせられたという。

そこで太助の消息は途絶えた。

栄次郎が浅草黒船町のお秋の家に落ち着いたのは、もう陽が大きく傾いていた頃だった。

「おゆうって生意気な娘が、さっきまで待っていましたけど、怒って帰りましたよ」

お秋が冷たい顔で言う。

「何かあったのですか」

「何もありませんけどね。あの娘はいったい栄次郎さんの、何だと思っているんでしょうね。まったく」

お秋はこめかみに青筋を立てていた。

やっと階下に戻ったお秋が、すぐに梯子段を上がって来た。

「新八さんがお見えですよ」

ようやく落ち着いたところを、まるで見計らったように、新八がやって来た。

「新八さん。よく、私がここにやって来る時間がわかりましたね」

「じつは朝、顔を出したんですが、まだやって来ていない。だとすると、栄次郎さんのことです、きっと、きのうの男のことで歩き回っているのだろうと思い、この時間を見計らったってわけです」

「なかなか鋭いですね。それより、きのうはどうしたのですか」

「じつは、前を行く男の顔を見に行ったんですよ。そしたら、顎に黒子があるじゃありませんか。色白で中肉中背の太助とは違い、細身で浅黒い顔の男ですが、黒子が同じところにあるので、念のために男のあとをつけてみたんですよ」

「そうだったのですか」

きのうは無駄な時間を付き合わせてしまい、さらにそこまでしてもらってはと気にすると、新八は、

「あたしにも栄次郎さんのお節介病が移ってしまったんですかねえ」

と、笑みを浮かべた。

「で、男の住まいを突き止めたのですか」

「ええ。奴は、深川の森下町の紙屑長屋に入って行きました。紙屑買いが多く住んでいるところから、そう呼ばれています」

紙屑買いは、紙屑や古着を買い集めて、それを漉《す》き紙を業とする者のところに持ち込んで、引き取ってもらうのだ。漉き紙を業とする者は紙屑を漉き返して、再生紙として使用するのだ。

「ちょうど、長屋に帰って来た男を、居酒屋に連れて行って呑ませたら、いろいろ喋ってくれました。あの長屋で紙屑買いを取り仕切っているのは久米吉《くめきち》という男だそうです」

そう言ってから、新八が意味ありげに、

「あたしがあとをつけた男の名前はなんだと思いますか」

と、きいた。

「まさか、太助」

「そうです。太助って名だそうで。でも、こっちの目当ての太助は向島の料理屋にいるんですよね」

「いえ。いませんでした。太助が働いていたのは『武蔵屋』という料理屋でしたが、とうに辞めていたのです。その後に移った二軒の店も辞めて、今は行方が知れなくなっていました」

「じゃあ、紙屑買いの太助が、その太助だという可能性は高いですね。顎の黒子も同じだし」

おそらく太助は『武蔵屋』から『福田屋』に移り、さらに『喜作』に移って辞めたあと、そのことを知らせるために、お品の働く水茶屋に行ってみたのかもしれない。

だが、そこで、お品がとうに店を辞めていたことを知った。

ふたりの縁がぷつりと切れたと思ったか。

その後、どこにも働く口がなく、紙屑買いをするようになったのかもしれない。

だが、五年目の約束の日、渡し場までやって来た。会うつもりではないだろう。ただ、遠くからでもひと目お品の顔を拝みたいと思ったのだろう。

太助もお品に会うつもりはなかったのだ。

「紙屑買いの太助が、その太助かどうか、それを確かめるのが先決ですね」

「そうですね。じかに本人に当たって、正直に話してくれるか」

新八は難しそうな顔で答えた。

三

翌日、本郷の組屋敷からまっすぐ黒船町にやって来た。

二階の小座敷に上がり、窓を開いた。隅田川にはもう涼み船が出ている。

栄次郎は窓の手摺《てすり》に寄り掛かって川を眺めた。つりしのぶの風鈴が軽やかな音を立てた。みんみん蟬が鳴いている。土手の上に蜻蛉《とんぼ》が飛んでいた。

遠くからの物売りの声を聞きながら、ゆうべのことを蘇《よみがえ》らせた。

太助の消息が摑めないことを告げると、お品は何か恐ろしいものでも見たように、目を剝《む》き、そのあとで立ちくらみを起こしたように体をよろけさせた。

お品の受けた衝撃は、その後の虚脱したような顔が物語っていた。

同じ江戸に住みながら、会いたい気持ちを抑え、この五年間、太助の板前としての成長を楽しみに待っていたのだ。

一人前の板前になり、お品のことを忘れたのなら諦めがつくかもしれない。だが、太助は板前の修業を辞めた可能性が強い。

もちろん、紙屑買いになっているかもしれない、とは話していない。だが、お品は太助の転落を予想しているようだった。それは、自分自身がそうであるように……。

山谷堀にいた男が太助だとしたら、太助はお品との約束を忘れていなかったのだ。お互いが忘れずにいても顔を合わせることは出来なかった。

栄次郎ははっとした。太助はお品が自分のことを忘れたと思っているのだ。一縷の望みを持っていたはずだ。絶望的になって、自棄にならないか。

「栄次郎さん。どうなすったの」

いきなり背後で声がした。

お秋が入って来たのも気づかずに、考えに没頭していたのだ。

「いつもなら三味線の音が聞こえるのに、きょうはいつまでも聞こえないので、心配になって上がって来たんですよ。聞こえるのは蟬の鳴き声だけ」

「そうですか。すみません。よけいな心配をおかけして」

「何かあったんですか」

お秋は団扇《うちわ》で胸元を煽ぎながら言う。

「お秋さんは、今の旦那との縁をどう思っているのですか」

「あら、栄次郎さんがそんなことをきくなんて」

お秋は驚いたような目を向けた。

栄次郎も、なぜそのようなことをきいたのか、自分でも不思議に思った。男と女の関係というものが気になったのだろうか。

お秋が去ってから、栄次郎は三味線を抱えた。

だが、またも思いは太助に向いた。やはり、太助はお品との約束を覚えていたのだ。もし忘れていたり、あるいは合わせる顔がないと思ったりしたら、待ち合わせ場所にやって来なかったかもしれない。

少し三味線の手を浚ったあとで、栄次郎は立ち上がった。

栄次郎は、やはり太助に会ってみようと思った。

「あら、お出かけ?」

階下に行くと、お秋がつまらなそうな顔できいた。

「ねえ、たまには夕飯を食べていきなさいな」

「わかりました」

栄次郎は外に出た。

焼けつくような陽射しだが、隅田川からの風がさわやかだった。

深川森下町にある紙屑長屋はすぐにわかった。

長屋は静かだった。男たちは皆商売に出ているのだ。

取り仕切っている久米吉を訪ねた。久米吉の家の腰高障子に、久米吉と大きな字が書いてあった。

戸を開けて、

「久米吉さんはいらっしゃいますか」

と、栄次郎は声をかけた。

「誰だい」

薄暗い奥から声がした。

「矢内栄次郎と申します」

薄暗い家だが、目が馴れてくると、鬚《ひげ》もじゃの男が浮かび上がってきた。

「太助さんのことで教えて欲しいことがあるのですが」

「太助だと？」

片手に茶碗を持っている体が少し揺れている。どうやら、久米吉は酒を呑んでいるようだ。

「太助さんは、いつからこちらに？」

「なんで、そんなことをきくんだ？」

「太助というひとを探しているんです。こちらにいる太助さんに似ているので、ひょっとしたらと思いまして」

「奴がここにやって来たのは二年前だ。よく働くぜ」

「太助さんに好きな女はいるのでしょうか」

「さあ、いないだろう。それに、奴は色気はまったくない。仲間が女郎買いに行っても付き合わないんだから」

「そうですか」

栄次郎は少し考えてから、

「太助さんが親しくしている仲間はいるのでしょうか」

「いつも弥一《やいち》って男といっしょに歩きまわっている。その弥一がここに太助を連れて来たのだ」

紙屑だけでなく、古着も買い集めるために、ふたりで行商をしているという。おそらく、山谷堀にもいたもうひとりの男だろう。

「弥一さんというのはどういう方ですか」

「そうさな」

久米吉は渋い顔をした。

「何か」

「ちょっとわけのわからないところのある男だ」

「どういうことですか」

「他人の縄張りを平気で冒《おか》しているそうだ。商売の邪魔にはなっていないようだが。まあ、わからない男だってことだ」

どういう意味か、よくわからない。久米吉はそれ以上は何も言わなかった。

「太助さんの稼ぎはどうなんでしょうか」

「どうなんだかな。弥一といっしょにいるからな」

またも意味ありげに言う。

「弥一さんは稼ぎがいいんですか」

「紙屑買いで、そんなに稼げるもんじゃないが、奴はときたま遊んでいるね。深川辺りで」

久米吉は弥一に好意を持っていないように感じられた。

礼を言い、栄次郎は長屋を出た。

一之橋を渡り、両国橋に差しかかると、向こうから篭を背負ったふたり連れの男がやって来るのに出会った。

手拭いを被っているが、山谷堀にいたふたりに間違いないように思えた。ひとりが弥一で、もうひとりが太助だ。

栄次郎はふたりにすれ違ったあと、いきなり振り向いて、

「太助さん」

と、呼んで見た。

ひとりの男が立ち止まって振り返った。顎に黒子のある男だ。

「以前、板前だった太助さんじゃないですか」

栄次郎はわざと親しそうに近づいた。

「違う。俺はそんな者じゃない」

「そうですか。あまり似ていたもので失礼しました」

栄次郎は素直に引き下がった。

ふたりは離れて行ったが、見ると途中で振り返った。やはり気にしているようだ。今の男は板前だった太助に間違いないような気がした。

予定より遅くなったが、約束通りに黒船町のお秋の家に戻った。

すると、お秋の旦那の崎田孫兵衛の笑い声がし、もうひとり男の声がした。どうやら酒を呑んでいるらしい。梯子段に向かうとき、障子の陰から、いつか大番屋で会った定町廻り同心の顔が見えた。そして、その同心の横に、岡っ引きの繁蔵もいた。

二階に上がると、すぐにお秋がやって来た。

「まさか、今夜来るとは思わなかったわ。それもよぶんなのをふたりも連れて」

お秋は眉をひそめた。

「夕飯のことなら構いませんよ。それより、ずいぶん楽しそうですね。あの崎田さんが笑っていらっしゃる」

「いつもぶすっとしているけど、酒が入ると、おしゃべりになるのよ」

「でも、定町廻りの同心と繁蔵親分がいっしょだなんて」

「なんでも、この付近にも空き巣の被害があって、その探索で歩き回っていたらしいの。それでうちの旦那とばったり会ったというわけ。あの同心は、空き巣の犯人の探索より、うちの旦那の機嫌をとるほうを選んだってわけよ」

与力の崎田孫兵衛は同心支配掛かりだが、事件に直接口出しすることはない。

下からお秋を呼ぶ声が聞こえた。

「また、酒だわ。待っていてね。食事をここに運ばせるから」

うんざりした顔をして、お秋が部屋を出て行った。

が、すぐに戻って来た。

「栄次郎さん」

困ったような顔つきで、お秋が言いよどんだ。

「なんですか」

「じつは、うちの旦那が栄次郎さんもいっしょに呑もうって。栄次郎さんはお酒が呑めませんからと言っても、一杯だけだと言ってきかないんですよ」

「そうですか。わかりました。お邪魔しましょう」

「あら、いいの」

お秋が不安そうな目をした。

栄次郎が茶の間に入ると、崎田孫兵衛が赤い顔を向け、

「おう、栄次郎さんか。さあ、そこへ」

と、上機嫌で言う。

栄次郎は同心と繁蔵親分に挨拶をして腰を下ろした。

「知っているか」

まず、崎田孫兵衛が同心にきいた。

「はい。一度、お目にかかったはず」

同心が答えると、すぐに繁蔵親分も、

「あたしもお会いしたことがあります」

と、答えた。

「栄次郎さん。さ、ひとつ」

孫兵衛が徳利をつまんだ。

「畏れ入ります」

孫兵衛に酌をしてもらい、栄次郎は一口すすった。

「ぐっと行きたまえ」

「はあ」

栄次郎は思い切って盃の残りを一気に口に流し込んだ。むせそうになったが、やっとのことで抑えた。

「もう一杯」

孫兵衛がまた言う。

「旦那。栄次郎さんは呑めるほうじゃないんですよ」

「お秋の酌のほうがいいってことか」

孫兵衛の目が鈍く光った。

「いやな、旦那」

「いただきます」

栄次郎は孫兵衛に盃を差し出した。

また無理して呑みほした。

「崎田さま。そろそろ私たちは……」

同心が用心深く切り出した。

「なに、もう帰ると言うのか」

孫兵衛の目が据わった。

あまり酒癖がよくないようだ。

「崎田さま。じつはきょうの昼間、近くで空き巣狙いの被害にあった家がありましてね。あたしたちはその探索の途中でして」

繁蔵親分が体を縮めて言う。

「もう夜だ。昼間に起こったことの聞き込みなら昼間のほうがいい。そんなのは明日にして、呑め。さあ」

繁蔵に酒を勧めた。

同心も繁蔵親分も、早く孫兵衛から退散したいようだ。

「じゃあ、栄次郎。このふたりのぶんも呑め」

孫兵衛は呼び捨てになった。

「そんなには呑めません」

「じゃあ、一杯だ」

「ほんとうに一杯だけいただきます」

栄次郎は我慢して酒を喉に流し込んだ。

「よし、もう一ついこう」

「もう、無理でございます」

「なんだと、俺の酒が呑めねえと言うのか」

困ったひとだと、栄次郎はため息をついたが、このままではいつ解き放されるかわからない。

無碍《むげ》にすれば、お秋にどんなとばっちりが行くかもしれないので、栄次郎はどうやってこの場から逃れられるか、そのことを必死に考えた。おそらく、同心も繁蔵親分も同じ気持ちのようだ。

救いを求めるように、お秋を見た。すると、お秋が目顔で何か言った。私に任せなさいと言ったようだ。

「ねえ、旦那」

突然、お秋が甘えるような声を出し、孫兵衛にしなだれかかった。

「それ以上呑んだら、こっちが使いものにならなくなっちゃうでしょう」

孫兵衛の股間に手をやり、お秋が囁くように言った。

「ばか、何を言っておるか。母親が違うとはいえ、おまえは俺の妹だ」

孫兵衛があわてた。

妹だとは誰も信じていないが、孫兵衛は周囲にその嘘が通用している、と思っているのだ。同心も繁蔵親分もしらじらしい顔をしている。

「厠に行って来る」

孫兵衛が立ち上がった。

「あとは私がなんとかしますから、栄次郎さんもお帰りになって」

「わかりました」

二階から刀を持って来て、栄次郎は逃げるようにお秋の家を出た。

先に飛び出した同心と繁蔵親分が先を歩いている。

「とんだ災難だったな」

同心がぼやいた。

「旦那がいけないんですぜ。崎田さまから誘われたとき、はっきりと空き巣狙いの探索をしているからと、断ればよかったんです」

繁蔵親分が文句を言った。

「俺の上司だ。それにいつまでも根に持つ、執念深い方なのだ。へたに断ると、あとで何をされるかわからないからな」

「聞き込みは明日にしますかえ」

「ああ、呑んでしまったからな。酒の匂いをさせて聞き込むのも拙《まず》いだろう」

「まあ、紙屑買いの顔を見た者がいればいいんですが」

蔵前通りに出たとき、繁蔵の声が、後ろを行く栄次郎の耳に入った。

「親分」

栄次郎は声をかけた。

「空き巣狙いと紙屑買いが、関係あるのですか」

「まだ、わからねえ。空き巣狙いの被害は本郷から神田、下谷、浅草、それに深川のほうまで広がっている。同一の犯人だと思える。空き巣に入られた家の周辺で、紙屑買いを見かけたという情報が、何件かあるんだ」

「そうですか」

「何か」

「いえ、なんでも」

鳥越橋の手前でふたりと別れ、栄次郎は元鳥越町のほうに向かった。

盃三杯だが、栄次郎はだんだん胸が苦しくなって来た。まわりの風景がぐるぐるまわるようだ。だから酒はだめなのだと思いながら、鳥越神社の境内でしばらく休み、それからなんとか本郷の組屋敷まで戻ったが、頭の中を棒で突っ付かれたような痛みが続いた。

台所で水瓶から杓《ひしゃく》で水を掬《すく》って、こぼしながら喉に流し込んだ。

もう呑まぬ。絶対に呑まぬと呟きながら、栄次郎はなんとか寝間に辿り着いた。

夜中に目が覚めた。まだ、頭が痛い。今度は眠れなくなった。

ふと、繁蔵親分の言葉を思い出した。

空き巣に入られた家の周辺で、紙屑買いが目撃されているという。その言葉を聞いて、弥一という男を思い出した。そして、弥一と仲のよい太助。

考え過ぎかもしれないが、新八にあのふたりを見張ってもらおう。まだ天井がぐるぐるまわるような不快感の中で、栄次郎はそう決めた。

四

みんみん蟬や油蟬が入り交じって鳴いている。何日も雨が降らず、ひとだけでなく、樹も連日の暑さに喘《あえ》いでいるようだ。

頭に手拭いを載せ、篭を背負い、手には秤《はかり》を持って、太助は弥一と共に上野山下から入谷を過ぎて下谷三ノ輪《みのわ》町にやって来ていた。

いちおう町内を一巡してから薬王寺の裏手の雑木林の中に行き、弥一が背中から篭を下ろし、手拭いもはずした。

「さっきの黒板塀の家だ」

その家が留守だった。

弥一は素早く着物を脱ぎ、裏返しにして着直した。白の縞柄が茶の格子に早変わりだ。

「よし、行くぜ」

まず弥一が先に立った。

黒板塀の家は誰かの妾宅のようだ。

弥一がその家の塀に近づいた。あとから太助が周囲に目を配りながらつけて行く。

静かな町だ。蟬の鳴き声がやけに耳に響く。うだるような暑さで、皆日陰に引っ込んでいるのだろう。近くは百姓地で、その向こうに武家屋敷が見える。

金魚売りの声が遠ざかった。

弥一が塀を乗り越えた。いつもながら身軽だ。

もし、この家の住人が帰って来たら、反故《ほご》紙か紙屑はないかと訊ねて引き止める。その間に、弥一はひと仕事を済ますのだ。

幸い、ひとの帰ってくる様子はなかった。

強い陽射しが太助を直撃している。太助は木陰に入った。鳴き止んだ蟬が逃げるように他の木に飛んで行った。が、再び暑苦しく鳴き出した。

女が歩いて来るのを見た。一瞬、お品ではないかと思ったが、近づいて来た顔はお品よりずっと若かった。

お品と出会ったのは、不忍池の畔でだった。商家の内儀だったが、太助は燃える心を抑えることは出来なかった。

何度か出合茶屋で逢瀬を楽しんだが、いつしかお品の亭主に知れるところとなった。

それを助けてくれたのが、『川清』の旦那だった。

『川清』の旦那との約束で、五年間はお品と会わず、『武蔵屋』で修業に励むことになった。ところが、『武蔵屋』での仕事は使い走りだった。板前としては認めてもらえなかった。それでも、いつか認めてもらえるだろうと歯を食いしばって頑張ってきた。

それなのに、ある日、突然、『武蔵屋』を辞めさせられたのだ。何があったのか、太助には見当もつかなかった。

お品に会いに水茶屋に行ったが、お品もそこを辞めていた。

それから幾つか店を替わったが、とうとう板前の道を閉ざされた。

絶望で橋の上から川を見下ろして茫然としていると、身投げだと思ったのか、ひとりの男が声をかけてきた。

それが弥一だった。

弥一は自分の長屋に連れて行ってくれた。

事情を話すと、弥一が言った。

「そのお品さんだって、五年目の約束を楽しみにしているはずだ。その日まで、ともかく頑張るんだ」

弥一の励ましで、紙屑買いの商売をするようになった。

だが、やがて弥一は単なる紙屑買いではないことがわかった。空き巣狙いを働いていたのだ。

そう告白し、太助に手伝うように誘った弥一は、こう付け加えた。

「お品さんは五年目の約束を忘れてないはずだ。そのとき、いっしょになるにも金がいるはずだ。こんなことを言っちゃ悪いが、お品さんはもっと条件の悪いところで働いていると思うぜ。だから、金を貯めるんだ。お品さんと再会したら、きっぱりとこの商売から足を洗うんだ」

それから、太助はお品との再会を楽しみに暮らしてきた。だが、いざ会う日が近づくと、今の自分の姿を、お品の目に晒すことに躊躇《ためらい》を覚えたのだ。

お品は太助が一人前の板前になっていると信じきっているに違いない。お品が会おうとしているのは板前の太助なのだ。

ところが、どうだ。今の俺は……。

合わせる顔はない、と太助は胸をかきむしった。お品はさぞ失望することだろう。落胆した顔なんか見たくねえ。太助は涙ながらに、諦める決心をしたのだ。

だが、それでも未練は残り、ひと目でいいからお品の顔を見たかった。お品の姿をこの目にしっかと入れておきたい。そう思ったのだ。

だが、約束の日、船着場にお品の姿はなかった。

ふと我に返ると、蟬時雨《せみしぐれ》の中にいた。

太助はあわてて木陰から出た。そして、周囲を用心深く窺いながら、弥一が侵入した家の裏手にまわった。しばらくして、塀の内側から合図の音がした。

周囲に人影はない。太助も指笛を鳴らした。

再び、弥一が塀を乗り越えて来た。太助はそのまま振り向きもせずに歩いて、薬王寺の裏手に戻った。

しばらくして、弥一がやって来た。

「うまくいったぜ」

弥一が素早く着物を裏返しに着直し、手拭いを頭に載せ、篭を背負った。

そのとき、弥一がはっとしたような顔をして振り返った。

「どうしたんだえ」

「誰かに見られているような気がしたんだ」

弥一は辺りを見回した。

「気のせいだったかもしれない。よし、引き上げるとするか」

田圃《たんぼ》道に向かい、ふたりはしばらく黙って歩いた。

下谷龍泉寺町に入ったところで、小粋な女に声をかけられ、紙屑を買った。それから、さらに浅草田圃を抜けて、吉原の遊廓を目の端にとらえながら、浅草寺の裏にやって来た。

「四両だ」

弥一はあまり多くは盗まない。たとえ、十両あろうが、盗むのはせいぜい半分までと決めている。

盗まれた家のことを慮《おもんぱか》ってのこともあるが、そのくらいの金なら金持ちは大騒ぎはしないだろうという読みがあってのことだ。

「おまえ、お品さんのことを考えていたな」

いきなり弥一が言い出した。

「いや。もう、忘れた。お品も俺を忘れたからやって来なかったんだ。今の俺を知ってがっかりされるより、そのほうが肩の荷が下りたってものさ」

太助は強がりを言った。

「なあ、太助」

弥一が口調を改めた。

「俺はおまえの話を聞いただけだが、お品さんというひとは、そんな冷たい女じゃないような気がするんだ。あの日、来られなかったのは、やっぱり何か事情があったのかもしれない」

「たとえ事情があったとしても、会えなかったことに変わりはない」

「なあ、もう一度、お品さんを探してみちゃどうだ」

「探すたってどうやって探すんだ。探しようがないだろう」

太助は苛立《いらだ》って吐き捨てた。

弥一は黙った。

「すまない。弥一さんには親身になってもらっているっていうのに……」

太助は頭を下げた。

「いや、いい案もないのにつまらないことを言った俺が悪いんだ。かんべんしてくれ」

「とんでもない。弥一さんには感謝しているんだ」

「ちょっと待て」

また、弥一が顔色を変えた。

「ひとの気配がした」

「えっ」

さっきのこともあるので、太助も辺りに目を配った。すると、奥山のほうに向かう男の姿があった。そういえば、さっきこっちに向かって来るとき、ずっと後ろを歩いていた男のようだ。

「考え過ぎか」

弥一は苦笑してから、

「さっきの件だが、なんとかもう一度、探す手立てを考えてみよう」

お品の件だ。

「すまない。俺なんかのために」

「何を言うんだ。さあ、行くか」

弥一は足を早めた。

五

また、逢い引きの客が来ている。きょうの女は慎み深いのか、声も小さい。

栄次郎は黒船町のお秋の家の二階にいた。三味線の稽古をしていると、梯子段を上がって来る足音がし、やがてお秋が顔を出した。

「新八さんが見えましたよ」

「すぐ通してください」

お秋が階下に行くと、入れ違うように新八が入って来た。

栄次郎は三味線の稽古の手を休め、新八を部屋に迎えた。

「やりましたよ。あのふたり」

開口一番、新八が言った。

「三ノ輪の妾宅らしき家に忍び込みました。栄次郎さんの睨んだとおり、太助は見張り役でした」

「そうですか」

「でも、ちょっと小耳に挟みましたが、太一はお品さんを忘れていないようです。なんとか探そうと話しておりました」

男は空き巣狙い、女は夜鷹。だが、お互いは相手を思い続けていることは間違いないようだ。

「どうします。ふたりを強引に引き合わせますかえ」

「その前に、太助さんに空き巣狙いをやめさせなければなりません。繁蔵親分の話では紙屑買いに疑いを向けています。捕まってしまうようなことになれば、取り返しのつかないことになってしまいます」

栄次郎は考えあぐねた末に、やはり太助にお品のことを告げるしかないと思った。

栄次郎は森下にある紙屑長屋に向かった。

その木戸を入ろうとしたとき、露地の奥に繁蔵の姿を認め、栄次郎はさっと木戸の横手にある小間物店の中に身を隠した。

繁蔵は栄次郎に気づかず、小間物店の前を素通りして行った。

栄次郎は再び長屋に入って行った。

繁蔵は久米吉の家から出て来たようだ。おそらく、繁蔵は紙屑買いをしらみ潰しに探しているのかもしれない。

久米吉の家を訪れた。

薄暗い土間に入って行くと、久米吉はぶすっとした顔を向けた。が、すぐにあわてたように目を逸《そ》らした。

「繁蔵親分は、何の用でやって来たのですか」

「弥一のことで」

「何か弥一さんを疑っているのですか」

「さあな。弥一を疑っているかどうか知らないが、あの岡っ引きは、空き巣狙いの探索をしているらしい」

「その疑いが、弥一さんにかかっているわけですか。でも、どうして、繁蔵親分は弥一さんに目をつけたのでしょうか」

再び、久米吉が目を逸らした。

「教えてもらえませんか」

じっと栄次郎が瞬きもせずに横顔を見つめていると、久米吉がゆっくりと顔を戻した。こめかみに痛いほどの刺激を感じたのかもしれない。そして、魅入られたように語り出した。

「繁蔵親分は、空き巣に入られた家の近くで、紙屑買いが目撃されているってんで、路上で出会った、紙屑買いに片っ端から声をかけてたそうです。そこで、縄張り以外でもしゃしゃり出て来る弥一の話を聞いたってわけなんで」

この長屋に住む紙屑買いの男が、自分の縄張り内を歩き回っている弥一を見つけて、腹立ち紛れに繁蔵親分に訴えたものらしい。それで、弥一のことを聞き出すために、久米吉を訪ねてやって来たのだろう。

「で、親方は何と答えたのですか」

「正直に答えた」

「正直というと？」

「奴はときたま深川の花街で豪勢に遊んでいるようだってな」

「その他に、何かきかれましたか」

「太助のことだ。弥一とどの程度の仲なのかってことだ。もういいかえ。そろそろ客が来るんだ」

栄次郎を追い返しにかかったのは、弥一が空き巣狙いの犯人なら、派手に遊べるわけもわかるとか、話したからに違いない。その後ろめたさがあるのかもしれない。

「太助さんの家で待たせてもらって構いませんか」

半ば強引に言い、栄次郎は太助の家に入った。

まさか、繁蔵親分は強引にふたりをしょっぴいてしまうようなことはしないと思うが、一刻も早く、弥一と太助に会う必要があった。

が、ふたりがどこを流しているかわからないので、ここで待つしかなかった。

夕方になって、太助が帰って来た。

戸障子を開けた太助は、暗い土間に栄次郎が待っていたので驚いたようだった。

「勝手に待たせてもらいました」

「あなたは？」

「矢内栄次郎と申します」

「どうしてあたしのことを？」

そのとき、戸障子が開いて、

「どうした、何かあったのか」

と、弥一が顔を出した。

「弥一さんですね」

「なんだい、お侍さんは？」

「ちょうどよかった。おふたりに話があります」

栄次郎は弥一にも名乗ってから、

「あなた方ふたりには先日会っているんですよ。山谷堀の船宿『竹屋』の近くで」

ふたりは顔を見合わせた。

「私はお品さんから頼まれて太助さんに会いに行ったのです」

「お品？」

太助が一歩、前に踏み出した。

「お品を知っているんですか。お品はどうしたんですか」

「お品さんは、あの日の数日前から病《やまい》に罹《かか》って約束の場所に行けなくなってしまいました。でも、もう病も回復しています」

「そうだったんですか」

太助がほっとしたように呟いた。

「太助。よかったな」

弥一が声をかけた。

「太助さん。お品さんはあなたに会いたがっていましたよ」

太助は顔をしかめた。

「俺はお品さんに合わせる顔がない」

「お品さんは、太助さんが板前を辞めたことは知っています。そんなことは気にしてはいません。それより、太助さんの気持ちが変わってしまったのではないか。自分のことを忘れてしまったのではないか。そのことを心配しています」

「俺の気持ちは変わっちゃいない。でも、今の俺にはお品さんに会う資格はないんだ」

「太助。何を言うんだ」

弥一が太助の肩を摑んだ。

「おまえは何も悪いことはしてない。ここを出て、お品さんとふたりでやり直すんだ」

弥一が栄次郎に顔を向けた。

「どうぞ、太助をお品さんに会わせてやってください」

「わかりました。それより、岡っ引きの繁蔵親分が空き巣狙いの件で、おふたりに疑いを向けています」

弥一の顔が曇った。

「そうですか」

やっと、弥一がぽつりと呟いた。

「空き巣狙いは太助とは関係ない。俺ひとりのことだ」

「そうじゃない。俺だって」

「やめないか。いいか。前々からの約束だったな。お品さんと会ったら、おまえは足を洗うんだと。お品さんの行方がわかったんだ。もう、俺とおまえは何の関係もないんだ」

「弥一さん。岡っ引きの件はどうするんです?」

栄次郎はきいた。

「じつは、あたしもいつこんな稼業から足を洗おうかと考えていたところです。いい機会ですから、あたしも……」

そう言って、弥一は目を伏せた。

自首するつもりなのか、と栄次郎は思ったが、弥一は太助に言った。

「太助。明日一日だけ付き合ってくれ。それで、俺たちの関係はないことにしよう。いいな」

「弥一さん」

太助は不安そうに、弥一を見つめていた。

六

翌日、太助は紙屑買いに出た。弥一がどういうつもりでいるのかわからない。

岡っ引きと手下らしい男が、長屋を出たところからぴたっと張りついていることに気がついた。ふたりとも、行商人に化けているが、尾行していることはすぐわかる。

弥一はすでにそのことを承知らしいが、まったく気にしない様子で小名木川のほうに向かった。

きょうもうだるような暑さだ。すれ違った蚊帳《かや》売りの行商人も口をあえがせていた。

小名木川に架かる高橋を渡ったところで、弥一が足を止めた。

「これから俺が言うことをよく聞くんだ。いいな」

「ああ」

「万が一、おまえが岡っ引きから空き巣狙いの事情をきかれたら、知らぬ存ぜぬで通すんだ。ただ、いつもふたりで行動しているが、ときたま別々に商売をすることがある。そして、だいたい一刻（二時間）ばかりのあとで、また落ち合う。そういうやり方をしていたと言うのだ。いいな」

「弥一さん。どういうことだ？」

「いいから、今俺が言ったように話すんだ。わかったな」

弥一の厳しい顔に、太助は頷《うなず》かざるを得なかった。

「よし。じゃあ、ここで別れよう。一刻（二時間）後に、またここで落ち合おう。おまえは、このままずっと小名木川沿いを流せ。俺は八幡さまのほうに行く。さっき俺が言ったことを忘れるんじゃないぞ」

弥一はくどく念を押した。

「わかった」

「じゃあ、俺は行くぜ。お品さんと幸せになるんだぞ」

なぜ、そんな言い方をするのだときこうとしたが、すでに弥一は歩き出していた。

弥一はそのまままっすぐ霊巌寺《れいがんじ》前を通って行き、太助は小名木川沿いに曲がった。

お品は、やっぱり俺を待っていてくれたのだと、太助は胸が弾《はじ》けそうな喜びを覚えたが、すぐに今の惨めな姿を晒すことに気後《きおく》れがした。

いや、今の姿を見て愛想尽かしされても仕方ない。それでも、ひと目お品に会いたい。太助はそう思った。

「紙屑買い」と呼びかけながら町内を歩き回った。なかなか、声をかけてもらえなかった。相変わらず、蝉の声が暑さを覚えさせる。だが、朝晩は蜩《ひぐらし》が鳴きはじめており、夏も終わりに差しかかっているようだ。

相変わらず、あとをつけている者がいる。おそらく、弥一のほうにも尾行者がいるはずだ。

弥一の言いつけどおり、一刻（二時間）近く経ってから、太助はさっきの場所に戻った。

まだ、弥一の姿はなかった。

太助は木陰の草むらに腰を下ろした。荷物を積んだ船が小名木川を行く。

小さいながらもふたりで店を持つ。その夢は無残にも破れ、五年前から悪夢のような時の中に身を置いてきた。

お品の消息はわかったが、再会したあと、ふたりに何が待っているかわからない。会わなければよかったと、後悔するんじゃないか。太助の内部からそんな声が聞こえて来る。その一方で、会わなければ何もはじまらないという声を聞いた。

すべてはお品と再会してからだ。そう決心すると、ようやく心が落ち着いてきた。

陽が落ち、辺りに薄闇が訪れようとしている。まだ、弥一は戻って来ない。あれから二刻（四時間）近く経つのではないか。

おかしいと思って立ち上がったとき、ふと薄闇から浮かび上がるように、ふたりの男が現れた。

岡っ引きと手下だ。ふたりが、近づいて来た。

「太助さんか」

「はい」

自分の顔が強張っているのを、太助は意識した。

「俺は南町の旦那から手札を貰っている繁蔵というものだ。弥一を待っているのかえ」

「そうですが」

「弥一は来ねえぜ」

「えっ、弥一さんに何か」

「弥一は今、大番屋にいる」

「大番屋？　親分さん。弥一さんに何があったんです」

太助は繁蔵に摑みかかるようにきいた。

「俺たちがつけているのも知らずに、空き巣狙いを働いたのよ」

「なんですって」

太助は衝撃からのけ反《ぞ》りそうになった。

「念のために、おまえさんからも話が聞きたい。大番屋まで来てもらいたい」

太助は足が勝手に震《ふる》えて思うように歩けなかった。

どうにか永代橋を越えて、南茅場町《みなみかやばちょう》にある大番屋に辿り着いた。

弥一は仮牢に入っていた。

「弥一さん」

太助が駆け寄ろうとしたが、繁蔵に引き止められた。

上がり框《がまち》に腰を下ろしている同心の前に、太助は座らされた。

「紙屑買いの太助か」

「はい。太助にございます」

「うむ。おまえはいつも弥一といっしょに紙屑買いに歩いているそうだが、それに間違いないか」

「はい、そのとおりでございます」

「いつもふたりはいっしょか」

「はい。いっしょでございます」

そのとき、仮牢から、

「太助。俺のことなんか気にするな。正直に言うんだ」

と、弥一が怒鳴った。

「静かにしろ」

繁蔵が一喝した。

再び、同心が口を開いた。

「ふたりでいっしょに歩いている間、ときたまふたりは別々になって歩くということがあったのか」

そうか、尾行されていることを承知で、弥一は留守宅に忍び込んだに違いない。俺を助けるためにわざと捕まったのだ。

太助は仮牢に顔を向けた。弥一さん、すまねえと頭を下げてから、同心に顔を向け、

「いつもふたりで行動していましたが、ときたま別々に商売をすることがありました。そして、だいたい一刻（二時間）ばかりあとで、また落ち合う。そういうやり方をしていました」

と、太助は、弥一に教えられたとおりに話した。

「それに間違いないか」

「はい」

「おまえは、弥一が空き巣狙いを働いていたことを知っているか」

「弥一さんがそんな真似をするはずはありません。それは何かの間違いだ。弥一さんはそんなことをしちゃいません」

太助は懸命に訴えた。

「太助。弥一はすべてを白状したんだ」

同心が冷たい声で言った。

太助はたまらず奥の仮牢まで走った。今度は繁蔵は止めなかった。

「弥一さん」

格子にしがみついて、太助は呼びかけた。

「太助。騙していて悪かった。じつは、俺は空き巣狙いを働いていたのよ。こいつは病気なんだ。一度、捕まらなきゃ治らない。そう思っていたところだ。俺のことなら気にすることはない。お品さんと幸せになるんだ」

「弥一さん」

「今まで世話になったな」

繁蔵が近づいて来て、

「おい、もういいだろう」

と、太助を呼んだ。

七

焼けつくような強い陽射しが隅田川の川面《かわも》を白く映し出している。きょうは風があるのか、波が立っている。

「あっ、船が出たわ」

おゆうが叫んだ。

対岸の三囲神社の鳥居下の桟橋から、渡し船が出たところだ。

どうしてもいっしょさせてくれとせがまれて、栄次郎はおゆうといっしょに山谷堀までやって来ていた。

あの船には新八が付添い、太助が乗っている。

船は川の真ん中を過ぎた。

「太助さん」

顔が識別出来たのか、お品がつぶやいた。

お品は夜鷹稼業をやめ、すっかり体力も回復し、少し肥《ふと》った。

「栄次郎さま。ほんとうにありがとうございました」

お品が栄次郎に振り向いて言った。

「いえ。あなた方の思いが強かったということですよ。さあ、太助さんのほうも、お品さんに気がついたみたいですよ」

舳先《へさき》から太助が身を乗り出すようにしてこちらを見ている。

お品が川岸に下りて行った。

あえて船での再会を考えたのは、ふたりの新しい出発には、それがもっとも相応《ふさわ》しいと思ったからだ。

やがて、渡し船が着き、乗客が順次下りて来た。

そして、ついに太助が下りた。

まっすぐお品のもとに駆け寄った。

最後に船から下りた新八が近づいて来た。

「新八さん。ごくろうさまでした」

栄次郎は労《ねぎら》った。

「お品さんの姿を認めたとき、太助さんは泣いていましたよ」

新八がふたりのほうを見た。

「やっと会えたのですね」

おゆうが目を潤ませている。

お品と太助が手を取り合っていた。

「さあ、行きましょうか。あとはあのふたりの問題です」

栄次郎は弥一のことを思い出していた。

弥一にもこの光景を見せてあげたかったと思ったのだ。

お秋の旦那の崎田孫兵衛の話では、空き巣狙いは被害に遭ったほうにも落ち度があるとみなされるので、何件も犯行に及んでいるが、死罪にはならないということだった。

「おゆうさん。せっかく来たんですから、栄次郎さんと聖天さまにお参りしていったほうがいいですよ」

新八が笑いながら言う。

「ええ。行きましょう、栄次郎さん」

おゆうも笑顔で応じた。

待乳山聖天は丘の上にあり、眺望がよいので風流人も多く訪れる。

「おゆうさん。船の中で、太助さんから聞いたんですが、五年前に再会の場所を竹屋の渡しにしたのは、この渡し場が待乳山聖天さんの傍にあったからだそうですよ」

「あら、どうしてですか」

おゆうが興味を示した。

栄次郎も新八に顔を向けた。

「聖天さまは良縁と、夫婦仲良く、末永く一家の和合をご加護くださるそうです。だから、ふたりの門出も祝ってくれるだろうと思ったそうですよ。おゆうさんも栄次郎さんといっしょに、よくお参りするといいかもしれませんね」

新八が言うと、おゆうは顔を赤らめ、

「いやだ、新八さん」

と、恥じらった。

そんなおゆうを見て、栄次郎はあわてた。

「新八さん」

栄次郎が声をかける前に、

「では、私はこれで」

と踵《きびす》を返し、新八は走り去って行った。

新八の後ろ姿を見ながら、今回も世話になってしまったと、栄次郎は心の中で礼を言った。

もう一度、太助とお品のほうを見ると、ふたりは抱き合って泣いているように見えたが、栄次郎に気づいて顔をこちらに向けた。そこに笑顔があった。

「人の喜ぶ顔を見ると、こっちまでうれしくなるのだよ」

父の言葉が蘇った。

私のお節介焼きは父上の影響ですよ、と栄次郎は亡き父に向かって心で呟いた。

第四話　喧嘩祭

一

血相を変えた数人の男がもつれあうように浅草寺の境内を出て、吉原田圃に向かった。

興奮した男たちの頭を冷やすように、肌寒い風が吹いているが、男たちには効き目がないようだ。

吉原の料亭に呼ばれての途中、栄次郎は気になって男たちのあとを追った。二本差しながら三味線を抱えている。

雁《かり》が鳴いて列になって飛んでいる。銀杏《いちょう》の木も黄葉し、晩秋の趣《おもむ》きを色濃くしている。田圃の向こうに吉原の遊廓が見える。男たちは一本道を外れ、原っぱに出た。

が、吉原に向かうらしい男たちが一本道から見ていた。

「明神《みょうじん》さまはな、天下さまの祭だ。上覧を願うっていう天下祭よ。てめえたちのようにちまちました祭といっしょにするねえ」

神田明神の神田祭と日吉《ひよし》山王権現の山王祭は、徳川将軍の上覧が行われ、さらには氏子《うじこ》の数の多さなどから天下祭と称されている。

「何言ってやんでえ。何が天下さまだ。御用祭じゃねえのか。ご公儀から命じられてやってるだけだ。こちとら、金なんかもらっちゃいねえんだ。純粋に町人の祭だ」

隅田川で一寸八分の観音像を拾い上げた漁師たち三人を祀《まつ》ったのが三社《さんじゃ》さまで、さらに東照大権現徳川家康も祀られて三社大権現となった。そこの祭が三社祭である。

「江戸っ子なら浅草川、その川を御輿《みこし》が渡るんだ。神田祭にそんな真似は出来やしめえ」

三基の大御輿は、氏子町を練り歩いて、浅草御門の外から船に乗って隅田川を上って来る。

「なにを言いやがる。こちとら、お城に入ることを許されてるんだ。悔《くや》しかったら、城内に入ってみやがれ」

お互いが数人ずつ対立しているが、中心になって言い合っているのはひとりずつだ。

皆、印半纏《しるしばんてん》を着ているので職人だろうが、一方のほうの印半纏に十番組と書いてあり、背中には丸に『ち』の字。火消人足だ。

もう一方は大工のようだ。ふたりが今にも取っ組み合いをはじめようかという勢いだ。そうなれば、他の者も入り乱れての大乱闘になりかねない。

しばらく様子を窺っていたが、見るに見かねて栄次郎は飛び出した。

「まあまあ、お待ちなさい」

「なんでえ、さんぴんは引っ込んでいろ」

中肉中背だが、肩幅のがっしりした男が乱暴に吐き捨てた。

「そうだ。邪魔するねえ」

いがみ合いの相手の鳶《とび》職の長身の男も言う。

「まあ、落ち着いて頭を冷やしたらどうですか」

「やかましいやい」

ふたりはほぼ同時に叫んで、こちらを見た。

ふたりとも顔が紅潮している。相当頭に血が上っているようだ。

「いったい、どうしたのか、わけを話してはいただけませんか」

祭に事寄せた神田っ子と、浅草っ子の意地の張り合いだ。

「いらねえお節介だ」

鳶の男が言う。

「よく言われます。よけいなお節介を焼くなと。でも、性分なのです。まあ、ともかく何があったのか、話してください。そしたら、すぐ去りますよ。それから喧嘩をやりはじめればいいではありませんか」

「ちっ。妙な野郎だ」

気勢がそがれたのか、あるいは喧嘩に水を差されたと感じたのか、ふたりの会話が少しの間、途絶えた。

「で、喧嘩の原因はなんなのですか」

「観音さまの屋根の修繕のために足場を組んでいたら、こいつらがお参りに来やがった。ところが、観音さまは立派だが、祭は神田祭には敵《かな》わねえと言いやがった。聞き捨てにならねえと呼び止めたんだ」

「当たりめえのことを言ってどこが悪い」

中肉中背の男が怒鳴る。

「なんだと、もういっぺん言ってみやがれ」

「ああ、何度でも言ってやらあ」

「まあまあ」

栄次郎はふたりの間に割って入り、

「私は神田祭も三社祭もどちらも好きです。さすが天下祭と言われるだけあって氏子の数が多く、その町内で競《きそ》って……」

中肉中背の男が栄次郎の言葉を遮って、

「そうよ。御輿は深川、山車《だし》神田、ただ広いのが山王祭って言うんだ。神田の山車は京の祇園祭も敵《かな》わねえ豪華なものだ。一番山車が大伝馬町の諫鼓鶏《かんこどり》、二番は南伝馬町の猿舞《さるまい》、三番は神田旅籠町の翁《おきな》の舞など三十六番まである。中でも、須田町の関羽《かんう》と連雀《れんじゃく》町の熊坂《くまさか》、多町《たまち》の鍾馗《しょうき》は……」

「やいやい、ご託を並べやがって」

「まあまあ」

へたをすればたいへんな騒ぎになりかねないと、栄次郎は懸命になった。

神田明神の氏子と三社さまの氏子同士で、これまでに何度か刃傷沙汰になったことがあると噂に聞いていたが、それはほんとうらしいと、栄次郎は改めて両者の仲の悪さに驚きを禁じえなかった。

「今のは私がいけなかった。謝ります。ようするに、どちらの祭も見事なもので、比較するようなものではありませんよ」

「ちっ。なんだか気が乗んなくなったぜ」

中肉中背の男が舌打ちし、

「きょうの喧嘩はお預けだ。俺は神田三島町の大工で多吉《たきち》だ。お祭好きの多吉と言えばちっとは顔が知られている。いつでも相手になってやるからどっからでもかかって来い」

「何を言いやがる。吠えるだけの半鐘《はんしょう》め」

「なんだと」

「まあまあ」

なんとか両者を引き離した。

大工の多吉という男が去って行くほうを睨みつけながら、

「ふざけた野郎だ」

と、唾《つば》を吐いた。

「さっきの、吠えるだけの半鐘とはどういう意味ですか」

「激しく鳴るが、自分ひとりじゃ鳴らねえからな。それに、半鐘の中はがらんどうだ。頭の中も空っぽってことだ」

「なるほど」

栄次郎は感心したが、果たして相手に通じたのか、あやしいと思った。

「失礼ですが、お侍さまのお名前を聞かせちゃもらえませんか。あっしは『ち』組の梯子《はしご》持ちで、清助《せいすけ》と言いやす」

町火消『ち』組の梯子持ちだという。火消人足の一番上は頭取《とうどり》、次が組頭《くみがしら》、纏《まとい》持ち、梯子持ちと続き、その下に平《ひら》の火消人足がいる。

「私は矢内栄次郎です。栄次郎と呼んでください」

「栄次郎さんはこれからどちらへ？」

「なかです」

「そいつは結構で」

「いや。仕事です」

「仕事？」

清助が意外そうな顔をした。

吉原での仕事というものの内容が、想像つかなかったのだろう。

「これですよ」

栄次郎は三味線を見せた。

「栄次郎さんはお侍さまなのに芸人で？」

「まあ、半人前ですがね」

清助たちと別れて、栄次郎は吉原に向かった。

栄次郎はきょうは蔵前の札差大和屋庄左衛門が、大茶屋の海老《えび》屋で遊ぶのだが、その座敷に兄弟子の坂本東次郎と共に呼ばれている。

日本堤《づつみ》に出て、土手を山谷堀伝いに行くと、やがて見返り柳があり、左に折れると衣紋《えもん》坂。この坂を下って吉原大門《おおもん》までの道を五十間道という。

大門を入ると、すぐ右側に門の出入りを監視する四郎兵衛会所があり、その隣りから江戸町一丁目の角まで、七軒の大茶屋が並んでいた。

海老屋の裏口から入ると、小座敷に案内された。そこに、すでに兄弟子の坂本東次郎こと杵屋吉次郎が来ていた。

「すみません。遅くなりました。よろしくお願いします」

もともと大和屋に招かれたのは兄弟子の杵屋吉次郎で、その吉次郎から栄次郎に声がかかったのである。

「まだ、呼ばれるまで間があるだろうが、糸を合わせておくか」

吉次郎が言い、栄次郎も三味線を手にした。

以前は、長唄は芝居にくっついていて歌舞伎の舞踊のためであったのが、今では芝居から離れ、お座敷で弾くための長唄が作られるようになっていた。

「旦那がお呼びです」

女将が呼びに来た。

ただの座興なら男芸者の三味線や唄で十分なのだろうが、大和屋は耳が肥《こ》えているので、本物の芸を求める。それだけでなく、芸人を育てようという気持ちがある。もちろん、その裏にあるのは、己の力の誇示でもあるのだが、それでも大和屋のような後援者がいるのは、芸人にとってはありがたいことだ。

座敷には床の間を背に大和屋がおり、下座に控えるように、浮世絵師や戯作者など、江戸の文化人を気取っている取り巻き連中の顔が並んでいた。

皆、大和屋の後援を受けている者たちだ。

吉次郎が基本の旋律を奏《かな》でる本手で弾き語りをし、栄次郎が合奏するための旋律を奏でる替手で絡む。

演目は『吉原雀』と、この正月に大和屋の舞台でも弾いた『京鹿子娘道成寺』である。そのあとで、吉次郎と栄次郎が端唄を幾つか披露した。

吉次郎は洒落《しゃれ》の文句の、『紺の前垂れ』を小粋に唄った。

紺の前垂れ松葉を染めて、
まつにこんとは気にかかる

栄次郎は『露は尾花《おばな》』という唄を披露した。

つゆは尾花と寝たという
尾花はつゆと寝ぬという
あれ寝たという寝ぬという
尾花が穂に出て顕《あらわ》れた

栄次郎たちはお役御免となり、祝儀をもらって茶屋を出た。

もう外はたっぷりと日が暮れていたが、提灯の明かりが廓内を華やかに装っていた。

夜の張見世がはじまって、さらに遊び客が増えて相当な賑わいを見せていた。

「さすが大和屋だ。こんなにくれるとはな」

吉次郎が無表情に言う。

二丁三味線の音が風に乗って聞こえてきて、栄次郎は耳を澄ました。富士松一門に復帰した音吉の顔を思い出したのである。

「新内流しだな」

吉次郎は呟き、

「俺は駕籠で帰るから」

と、祝儀の分け前を寄越しながら言った。

「私は歩いて行きます」

栄次郎が答えると、

「そうか。じゃあ、またな」

吉次郎はさっさと大門に向かって歩き出した。

その後ろ姿を見送ってから、もう一度、耳を澄ましたが、新内三味線の音は聞こえて来なかった。

いつしか、音吉から春蝶へ思いが向いていた。

宮古太夫という名人に会いに、加賀の国まで行って来る、と春蝶が江戸を発ったのは去年の暮れだった。

春蝶のことを思い出していると、また二丁三味線の音が聞こえてきた。ふと、やるせない節回しを聞いたような気がした。だが、どうやら気のせいだったようで、新内三味線の音も遠くに去って行った。

二

神田松永町の普請場は棟上《むねあ》げで、土台が出来上がり、柱や梁《はり》などの骨組みも完成し、親方の藤兵衛が棟木をとりつけ、工事の無事を祈った。

大工のほかにも、土に材木を打ち込んで地盤を固めたり、建築のための足場を組んだりした鳶職などの職人も棟上げ式に加わっていた。

上棟式が終わったあと、藤兵衛が一番弟子の時蔵に小遣いを渡し、近くの居酒屋で一杯やって来るように気をきかせた。

「俺が若い頃は、親方は棟上げの日は、吉原に連れて行ってくれたことがあったが、まあ、これで勘弁してくれ」

親方の藤兵衛が、職人たちに言った。

居酒屋といえど、大工、鳶、左官、屋根葺《ふ》きなど十人以上になる。もっとも、施主から祝儀が出ているのだろうから、親方の腹はあまり痛んではいないようだ。

「おい、多吉。あんまり、呑むんじゃねえぞ」

親方が多吉に注意をした。多吉が喧嘩早いことを心配してのことだ。

「わかっていますよ」

どうやら、先日の浅草での騒ぎを、親方の耳に入れた者がいるようだ。

多吉は二十七歳と若いが、腕はよく、親方の藤兵衛からも一目置かれている。十二歳で源蔵の内弟子になって十五年。兄弟子たちからのいじめにも負けず、腕を磨いてきたのだ。

去年、年季が明けて職人になり、今は手間取りで親方のところの仕事を請け負っている。

上棟式もお開きになって、大工道具を抱え、多吉も時蔵のあとについて、近くの居酒屋の暖簾をくぐった。

二つの卓に分かれ、皆が座ったあとで、一番弟子の時蔵が挨拶をした。

「皆。ごくろうだった。また明日からしっかり頼む。親方からたっぷりもらってあるからな、きょうは大いに呑もうじゃねえか」

それから徳利が運ばれて来て、酒を呑みはじめた。

「多吉。おまえ、この前、浅草の鳶と喧嘩になったそうだな」

向こうの卓に座っていた時蔵が、大きな声できいた。

「兄貴の耳にも入っていたのか。つい、祭のことでな」

きょうは九月一日。神田祭まであと半月足らず。多吉は祭は神田祭が一番だと思っている。隔年ごとに山王祭と本祭を交互に行っているが、今年は本祭だ。

「鳶の連中は気が荒い。だいじょうぶか、仕返しに来るんじゃねえか」

「なあに。そんな度胸なんてあるものか。だいじょうぶですよ」

「そうか。それならいいが。おい、多吉にどんどん注いでやれ」

時蔵が笑いながら言った。

「おう、多吉さん。浅草の鳶と喧嘩になったのか」

足場を作った鳶職の男が身を乗り出して来た。

「神田祭と三社祭を比べてやったら、向こうが怒り出したのよ」

「そうかい。もし、またやるなら俺たちも手を貸すぜ。一度、浅草の連中を痛い目に遭《あ》わせてやりたいと思っていたんだ」

鳶職の男は真顔《まがお》になった。

「そんときは頼む」

「さあ、どんどんやろうぜ」

鳶の男は多吉の猪口に酒を注ごうとしたが、

「おい、姐さん。これじゃ小さくていけねえ。丼を持って来てくれ」

と、奥に向かって叫んだ。

たすき掛けの女が丼を持って来た。そこに徳利の酒を並々と注いだ。

「おっと、すまねえな」

丼に口を持っていって、多吉は酒を呑んだ。

「多吉兄い。あんまり、呑まねえでくださいよ」

内弟子の平太が多吉の腕を引っ張った。

「なんだ、親方から言いつかっているのか」

「いえ。お節《せつ》さんですよ」

「そうか。お節さんが……」

ふとその声が聞こえたのか、向こうの卓から時蔵が睨んでいる。

お節は親方の藤兵衛の娘だ。男の子のいない親方が、お節に婿をとって跡《あと》を継がそうとしているのだ。

時蔵が徳利を持ってやって来た。

「さあ、多吉。呑もう」

「いや。もう、だいぶ呑んだ」

「そんなに遠慮することはないだろう。さあ」

時蔵は強引に勧め、多吉は呑みほした。

五つ（八時）の鐘が鳴ってから、ようやくお開きになった。

「多吉兄い。だいじょうぶですかえ。道具箱、あっしが家まで届けますよ」

平太が心配そうに声をかけた。

「そうかえ。そうしてもらおうか」

立ち上がったとき、足がよろけた。だいぶ呑んだようだ。だが、立ち上がれば、しゃきっとした。

「俺たちはもう一軒寄る。多吉、おまえはもう帰ったほうがいいだろう。だいぶ呑んでいるからな」

時蔵が冷たい目で言った。

「ああ、そうしよう」

外に出てから、時蔵たちと別れ、多吉は平太といっしょに歩きはじめた。

「平太。おまえ先に帰っていいぜ。俺はちょっと遊んでいくから」

「遊んで？」

「そうよ。夜鷹を買ってから帰るからな」

「兄い。だって、お節さんが」

「お節さんには、俺が夜鷹を買って帰ると正直に言っていいぜ」

多吉は乱暴に言い、

「さあ、早く行け」

と、平太を追い払うように言った。

渋々、平太は先に帰った。

多吉はゆっくり歩を進めながら、神田川を和泉《いずみ》橋で越えた。呑まぬつもりでいても、だいぶ呑んだようで、足がよろけた。だが、心地よかった。

夜桜や、浮かれ烏がまいまいと、
花の木陰に誰やらがいるわいな……

唄を口ずさみながら、橋を渡って柳原の土手沿いに歩いた。別に夜鷹を買うつもりはなかった。

お節の気遣いを知って、わざとあんなことを平太に言ったのだ。

いくらも歩かないうちに、背後からひとの足音を聞いた。夜鷹にしては乱暴な歩き方だと思っていると、前方にも人影が現れた。はさみ撃ちのような格好になった。

「なんでえ、てめえたち」

多吉は足を止めた。

「神田三島町の大工多吉だな」

手拭いで頬被りした男がくぐもった声で言う。

「そうだ。だったらなんだ？」

言い終わらないうちに、背後からこん棒が打ち込まれた。とっさに身をかわしたが、酔っているせいで動きが鈍く、避けきれずに右肩をかすった。

「てめえら、誰でえ」

「自分の胸に手を当ててよく考えてみやがれ」

「なんだと？」

「おめえには恨《うら》みはねえが、『ち』組の男から頼まれたんでな」

「なに、『ち』組だと」

皆、棒のようなものを持っていた。

多吉は殴り掛かってきたひとりの胸元に飛び込み、こん棒を奪い取って相手の脾腹《ひばら》を殴りつけた。

相手がうっと呻《うめ》いて地に転がった。

だが、すぐに脇から新たなこん棒が襲い掛かった。飛び退《の》いた瞬間、背後を衝《つ》かれた。体をそらして避けたが、もう次の攻撃がやってきて、今度は左腕をしたたか打たれた。

激痛に、多吉はよろめいた。攻撃は止まず、こん棒が足を打った。たまらず、多吉は地べたに倒れた。

そこに数人で襲い掛かられた。

喧嘩馴れした連中だった。右足に激痛が走った。多吉は右手をかばってうずくまった。

そのとき、女の悲鳴が上がった。

「よし、これぐれえでいいだろう」

最後に思い切り、鳩尾《みぞおち》に蹴りを入れ、男が言った。殴られながらも、多吉は兄貴格らしい男の特徴を見つけていた。男の二の腕に彫物があった。

無頼漢は去った。

誰か駆けつけて来るのかと思ったが、誰もやって来ない。さっきの悲鳴は夜鷹だったのだろう。あのまま逃げ去ったようだ。

多吉はしばらく仰向けに倒れていた。気を失いかけたが、顔に冷たいものが当たった。

雨だ。雨が多吉の顔から体を打ちつけてきた。

体を動かそうとすると、激痛が走る。骨が折れているのかもしれないと思った。

誰か駆けつけて来る足音がした。

「あっ、多吉兄いじゃねえですか。様子を見に来たんですよ。いったい、誰にやられたんです？」

「おう、おめえか」

平太だった。

「誰かわからねえ。ごろつきだ。いきなり襲ってきやがった」

「待っていてください。今、駕籠を呼んできますから」

平太が走って行った。

ふと気が遠くなりそうになったとき、多吉は平太の声に起こされた。駕籠がやって来たようだった。

三日後に、多吉は起き上がった。だが、まだ歩くことは出来なかった。

あのあと、平太が呼んできた駕籠で近くの医者に運ばれた。幸い、骨折はしていなかった。

根が頑丈な体なので、医者の見立てよりはるかに早い回復ぶりを見せた。

だが、右足と左腕の傷はすぐに治るものではなく、しばらく仕事の出来る状態ではなかった。

無意識のうちに右手をかばっていたので、あと数日すれば鉋《かんな》や鑿《のみ》を持てるようになると思った。だが、松永町の普請場の作業の滞《とどこお》りはいかんともしがたかった。

藤兵衛親方に迷惑をかけてしまった。

「ちくしょう」

多吉は胸をかきむしった。

それもこれも、あの連中のせいだ。『ち』組の野郎だ。

あのときの喧嘩を根に持ってのことに違いない。それにしても、こんな卑怯な手を使うとは許せない、と多吉は胸に怒りの炎を燃え上がらせた。

夕方、戸障子が開いて平太が顔を出した。

「きょうはもう上がったのか」

「はい」

普請場からまっすぐここにやって来たようだ。

「どうだ。普請場の様子は？」

「なんとかやっているから兄いは心配しないで、早く傷を治してください」

「親方は何か言っていたか」

「いや、別に……」

平太は目を逸らした。

「怒っているんだな」

「でも、兄いが悪いわけじゃない。あいつらが汚ねえんだ」

「平太。頼みがある」

「なんですね」

「あいつを探し出してくれ。『ち』組の者だ。おまえ、顔を覚えているだろう」

「覚えているけど」

「覚えているけど、なんだ？」

「だって、探したとしても、その体じゃ……」

「すぐ仕返しに行くとでも思ったか」

平太は黙った。

「探し出すだけだ」

「ほんとうに探し出すだけですよ」

「ああ。それより、平太。あの夜、なぜ、戻って来たんだ。俺は夜鷹を買うと言っておいたはずだ。迎えに来たって、無駄だと思わなかったのか」

「はい」

「はい、じゃねえ。どうしてだ？」

「じつは、お節さんが、そんなに酔っていては心配だから、迎えに行ってくれと言うもので。兄いが夜鷹を買うなんて、信じられないからって」

「そうか」

多吉はお節の言葉に胸を切なくした。

三

今朝からの雨は、止《や》んだり降ったりしていた。さっきまで軒を打つ音は激しかったが、今は静かに降っていた。

秋時雨《しぐれ》はもの寂しい感じがする。そんな人恋しさからか、栄次郎が稽古を終えたあとも、おゆうは帰らずに待っていた。

おゆうは町火消『ほ』組の頭取政五郎の娘だった。十七歳で器量はよいが、鼻っ柱の強いおきゃんな娘だ。

元鳥越の杵屋吉右衛門の稽古場には、いろいろな階層のひとたちが、唄や三味線を習いに来ている。侍もいるし、商人や職人もいる。身分の上下に関係ない遊びの世界に、江戸っ子は興じている。

「栄次郎さん。帰りますか」

おゆうは皆の前でも平気で言う。

「ええ」

戸惑いながらも、栄次郎は応じる。

栄次郎はおゆうと師匠の家を出た。

いくらも行かないうちに、番傘の内から落ち着きなく辺りを見回している男に出会った。男の目が栄次郎をとらえたようだ。

おやっと、栄次郎は口にした。

「知っているひと？」

おゆうが訝《いぶか》しげにきいた。

「ええ」

男が駆け寄って来た。

「お侍さん。やっぱり、ここだった」

「あなたは確か大工の多吉さんといっしょにいたひとですね」

浅草田圃での揉め事の際に、多吉の後ろで慌てうろたえていた男だ。

「はい。平太と言います」

平太は頭を下げ、

「じつはお侍さんを探していました」

「私は矢内栄次郎です。栄次郎と呼んでください。それにしても、よくここがわかりましたね」

「はい。三味線を持っていたので、吉原に行って聞き回ってきました。それで、杵屋吉右衛門師匠のお弟子さんだと聞いて、やって来たってわけです」

「それはご苦労なことでした。で、私にどんな？」

「じつは多吉兄いが大怪我をしたんです」

「大怪我？」

「五日前、棟上げ式のあと居酒屋で呑み、酔っぱらって帰る途中に、数人のごろつきに襲われたんです」

「ごろつきに？」

栄次郎は眉をひそめた。

「やった相手はわかっているのですか」

「それが、この前の鳶の男らしいんで。『ち』組の野郎です」

「『ち』組の？」

「そうです。あのときのことを根に持って、ごろつきを頼んで襲わせたに違いありません」

平太は悔しそうに言った。

「で、多吉さんの傷の具合は？」

「あと二、三日したら、なんとか歩けるだろうと言っていましたが、今はまだ自分の家で寝ています。このままじゃ腹の虫が治まらない。仕返しに行くから相手のことを調べて来いと、息巻いているんです」

血の気の多い男のことだ。このまま黙って引き下がっているわけはないだろうことは、栄次郎にも想像がつく。

「きょうは雨で現場に行けないので、こうして出て来たってわけです。でも、相手を見つけたら、多吉兄いは怪我が治りきらなくても仕返しに飛んで行くに違いありません。それで栄次郎さんのことを思い出して、相談してみようとやって来たんです」

「そうですか。でも、この前の男だというのは間違いないのでしょうか」

「ええ、はっきり『ち』組の者から頼まれたと、口にしたようです」

「わざわざ向こうが言ったのですか」

「そうです」

「わかりました。一度、多吉さんに会いに行きましょう。住まいは確か神田三島町でしたね」

「はい、次郎兵衛長屋におります。あたしは親方のところに住み込んでおります」

よろしくお願いしますと言い残して、平太は去って行った。

栄次郎は改めて、おゆうを見た。

「おゆうさん。何か言いたそうでしたね」

平太とのやりとりを聞いていたおゆうが、一度口をはさみかけたことがあった。

「町火消の男が、そんな卑怯な手を使うとは思えないわ」

おゆうは憤慨して、

「もし、そんなことをしたのなら町火消の名折れ。私が許さない。栄次郎さん。その男を探しましょう」

栄次郎は苦笑して、

「さっきのひとには教えませんでしたけど、名前は知っています。『ち』組の梯子持ちで清助というひとです」

「梯子持ち？　だったらよけいに違うわ。梯子持ちが卑怯な真似なんかしやしない」

おゆうは自信を持って続けた。

「町火消は相撲取、八丁堀の与力と並んで江戸三男と呼ばれているんです。そんな卑怯な真似はしません」

「私も清助さんがそんな真似をするとは思えません。でも、いちおうこれから行って会って来ます。確かめておかないと、何か間違いがあっても困りますから」

「私も行きます」

おゆうが意気込んで言う。

「いや。これから浅草までたいへんです。雨も降っているし」

「だいじょうぶよ」

「それに、清助さんに会うのに、女連れというのもへんでしょう」

栄次郎はなだめた。

「つまんない。あっ」

すねたように言ったが、何かに気がついたのか、おゆうはいきなり目を輝かせて、

「神田祭、ごいっしょしてくれるんでしょう」

「ええ」

「じゃあ、いいわ」

機嫌を直したおゆうと別れ、栄次郎は浅草花川戸に向かった。

十番組『ち』組の受持ち区域は、浅草花川戸町、山の宿町、山川町、聖天町、瓦町、南北馬道町である。

『ち』組の頭取の家はすぐにわかった。十番組『ち』組の纏《まとい》のかかった広い土間に入ると、すぐに若い者が飛んできた。

壁に鳶口、その近くには水を放水させる龍吐水《りゅうどすい》という器具や、水桶などがあった。

栄次郎は名乗ってから、

「清助さんはいらっしゃいますか」

と、呼びかけた。

「はい。少々お待ちを」

若い者がすぐに奥に引っ込んだ。

ちょっと待たされてから、「誰だい」と言いながら、胸をはだけた男が出て来た。

「あっ、お侍さんは」

清助も覚えていたようだ。

襟元を整えて、清助が上がり口に来て、裾をぽんと叩いて腰を下ろした。

「あたしに何用で？」

「じつは妙なことになりました。この前、浅草田圃でいざこざのあった相手を覚えておりますか」

「覚えていますとも。三社祭をばかにしやがったんですからね。確か、大工の多吉だとか吐《ぬ》かしていた」

「そうです」

「そいつがどうかしましたかえ」

「酔っぱらっての帰り道、数人のごろつきに襲われ、大怪我をしたそうです」

「怪我？」

清助は怪訝そうな顔をし、

「まさか……」

と、顔色を変えた。

「まさか、あたしがやっただなんて言うんじゃないでしょうね」

「多吉さんは、清助さんが陰で糸を引いていると思い込んでいるようです」

「冗談じゃない。誰がそんな卑怯な真似をするものか」

「そうでしょうね」

栄次郎も素直に言う。

「栄次郎さんでしたね。多吉って野郎の住まいはわかりますか」

「どうするんですか」

「多吉に会ってきます」

「しかし、信じてくれるでしょうか」

「信じる信じないは向こうの勝手だ。ともかく、行かなきゃならねえ。どこですか」

「わかりました。私もごいっしょしましょう」

清助はふっと笑みを浮かべ、

「ほんとうにお節介な御方だ」

と、呆れたように言った。

風が出てきた。雨は止んだが強い風の中、栄次郎と清助は神田三島町の長屋にやって来た。

多吉の家の腰高障子を開けると、薄暗い部屋で横たわっている影が見えた。土間には大工道具が置いてある。

「多吉さんですか」

栄次郎は声をかけた。

「誰だい」

咎《とが》め立てするような声が返ってきた。

「先日、浅草田圃で出会った矢内栄次郎と、『ち』組の清助さんです」

「あっ、てめえは」

清助を認め、多吉は起き上がろうとしてうめき声を発した。

「そのまま、横になっていてください」

あわてて栄次郎が言う。

「やい、なにしに来やがった」

多吉は怒鳴った。そのたびに顔をしかめるのは、激痛が体を走るからだろう。

清助は上がり框《がまち》の前に立って、

「ふん、いいざまだ」

と、鼻で笑ったあと、

「おう、おめえ、俺を見損なうんじゃねえ。いくら気にいらねえ野郎でも、大勢で闇討ちにするなんて、卑怯な真似をする男じゃねえんだ。そのことを言いに来たのよ」

「なにを」

多吉が立ち上がろうとしたが、すぐ膝が崩れた。

「多吉さん。清助さんの話は信用出来ると思いますよ」

「ふざけるねえ。『ち』組の者から頼まれたと、相手ははっきり言ったんだ」

「多吉さん。相手がそう言うのもおかしいとは思いませんか。誰に頼まれたなんて、わざわざ言うでしょうか」

「そりゃ、自分を誇示したいから言うことだってあるだろうよ」

「やい。そうやって難癖をつけやがって」

清助が大声を出す。

「まあまあ」

また喧嘩がはじまったので、栄次郎は間に入り、

「多吉さん。落ち着いて考えてください。多吉さんに恨みを持つ人間が、他にもいないか」

「俺は喧嘩早いが、他人に恨みをもたれるようなことはねえ」

「どうだかな」

清助が疑わしそうに言う。

「なんだと」

「あっちこちで、身勝手な言い種《ぐさ》で喧嘩を吹っ掛けていりゃ、おめえを面白く思わねえ人間がたんといるはずだ」

「こんな体じゃなければ、叩きのめしてやるところだ」

多吉は悔しそうに言った。

そこに、戸障子が開いて、若い女が入って来た。

栄次郎と清助が、いっせいに振り向いたので、女は困惑したように立ちすくんだ。

「お邪魔しています」

栄次郎は挨拶をした。

「多吉さん。また、あとで参ります」

女があわてて言い、引き返そうとした。

「お節さん、だいじょうぶだ。こちらさんはもう帰るところだ」

多吉が引き止めた。というより、栄次郎たちを早く追い返したいのかもしれない。

「失礼ですが、あなたは？」

栄次郎は富士額に美しい眉を持った若い女を見た。

「竪大工町《たてだいく》の藤兵衛親方の娘さんだ」

多吉が先に言い、

「さあ、もう帰ってもらおうじゃねえか」

と、怒鳴るように言った。

「ちっ。栄次郎さん。帰りましょう」

清助が顔をしかめ、さっさと戸口に向かった。

栄次郎は多吉に向かい、

「多吉さん。さっきの件、もう一度よく考えてみてください。もし、清助さんの言葉が正しかったら、何者かが清助さんとのいざこざを利用して、多吉さんに怪我をさせようとしたとも考えられます」

「そんなばかなことがあるものか」

また痛みが走ったのか、多吉は顔をしかめた。

「浅草黒船町に、お秋というひとの家があります。その家の二階に私は居候をしています。もし、私で何か役立つことがあればいつでも構いません。訪ねて来てください」

しかし、多吉は何も言わなかった。

お節に会釈をして、栄次郎は戸口に向かった。

番傘を差し、栄次郎はすでに外に出ている清助のあとを追った。

「強情な野郎ですね」

呆れたように言ったあとで、

「でも、いったい、何者がやったんでしょうか」

と、清助は深刻そうな顔つきになった。

「清助さんとの揉め事を知っている人間でしょう。あの場にいた者から話を聞いて、それを利用しようとしたのだと思われます」

「だとすると、あの野郎、誰かに恨まれているな」

「いや。恨まれているというより、多吉さんを邪魔に思っている人間がいるのかもしれませんね」

「なるほど」

露地木戸を出て、ぬかるみに足をとられないように歩いていると、後ろから呼び止める声が聞こえた。

立ち止まって振り返ると、さっきの娘、お節が裾を持ってやって来る。

「あんまり、走っては滑りますよ」

覚えずそう声をかけずにはいられないほど、お節が懸命に走って来た。

「すみません。お呼び止めをして」

「いえ」

真剣な眼差しで見つめ、

「多吉さんを許してやってください。口は悪いけど、ほんとうはとてもやさしいいいひとなんです。どうぞ、わかってあげてください」

「なあに、娘さん。お節さんと仰《おっしゃ》いましたか。別に憎くて喧嘩をしているわけじゃありません。口が悪いのはあたしも同じ。なんとも思っちゃいませんよ」

清助が応じた。

「ありがとうございます」

ほっとしたように頭を下げて、踵を返しかけたお節に、

「ちょっと多吉さんのことで、話を聞かせてもらえませんか」

と、栄次郎は頼んだ。

この先に蕎麦屋のあるのを思い出し、

「そこで待っています」

と栄次郎が言うと、お節は頷いてから長屋に戻って行った。

蕎麦屋の樽椅子に座って待つことおよそ四半刻（三十分）、お節がやって来た。

「さあ、どうぞ」

お節が向かいに座った。

酒か蕎麦を勧めたが、何もいらないというお節に茶だけをもらってやり、栄次郎は切り出した。

「失礼ですが、多吉さんとはどういうご関係なのですか」

「………」

「いずれ所帯を持つとか」

清助が先走りをしてきいた。

「いいえ」

「違うんですかえ」

清助が意外そうな声を出した。

「はい」

「そうですか。お似合いのようでしたが」

遠慮なく言う清助に、お節は辛《つら》そうに眉を寄せた。

「すみません。よけいなことを言って」

清助がばつが悪そうに詫びた。

「いいえ」

表情は戻ったが、栄次郎はさっきお節の見せた、苦悩の表情が気になった。

「でも、多吉さんのところにはどうして？」

清助がしつこくきいた。

「怪我をしたら何も出来ないでしょうから、身の廻りの世話を」

「でも、独り身の男のところに行くなんて、親方は何も言いやしないんですかえ」

お節は何も言わずに俯《うつむ》いた。

栄次郎はお節の気持ちを推《お》し量《はか》った。お節は多吉に好意を寄せているようだ。だが、
親方は多吉を娘の相手などとは考えていないのかもしれない。

「多吉さんはどういう職人さんなのですか」

栄次郎はじっとお節の目を見つめてきいた。

「腕のいい職人だと、お父っつぁんは誉めています。ただ酒と喧嘩と……」

お節は言いよどんだ。

「酒と喧嘩と、それから何ですか」

「自分が孤児だったというひがみが、あいつの人間性を歪《ゆが》めているって」

「孤児？」

「十年前の大火のとき、両親が焼け死んで孤児になったのを、お父っつぁんが不憫《ふびん》に思って引き取って弟子にし、仕込んできたのだと、おっ母さんから聞いたことがあります」

「そうですか」

栄次郎は腑に落ちなかった。

多吉は気が荒いが、さっぱりしていて、孤児であったことを気にしていじけているような、そんな弱い人間とは思えなかった。

栄次郎はお節の気持ちを確かめたかったが、それをきくことは酷《むご》いような気がして止《や》めた。

「喧嘩をすることは、これまでにもよくあったのですか」

「はい。酒を呑んではよく暴れていました」

「前からですか」

「ひどくなったのは、ここ一年ばかり前からです」

「一年前ですか。その頃、多吉さんに何かあったのでしょうか」

ふと、お節は思い当たることがあるように目を見開いたが、

「いえ、何も」

と、小さく答えた。

そして、ふいに顔を上げ、栄次郎と清助の顔を交互に見て強い調子で言った。

「多吉さんは、喧嘩はしますけど、たいていそのあとは、喧嘩相手とは仲良くなっています。ですから、多吉さんに恨みを持っている人間がいるとは思えません」

多吉のことを話すときのお節の目は輝いているように思えた。

「あの、もうよろしいでしょうか。あまり遅いと、お父っつぁんに叱られますから」

「ひょっとして多吉さんのところに来ているのは内緒で」

「はい。失礼します」

お節が引き上げてから、栄次郎と清助も席を立った。

四

なんとか多吉は起き上がった。左手に痛みがあるが、右手がどうにか動かせるようになった。

何はさておき、親方に謝りに行かなくてはならない。怪我をしてから七日になる。

その間、神田松永町の普請は、多吉抜きで進めざるを得ないのだ。

普請場に行くと、晴れた空に二階家の骨組みが出来ていたが、棟上げからあまり進んでいないように思えた。だいぶ遅れているようだ。

雨も多かったが、やはり多吉が抜けたぶんも大きいようだ。

鉋をかけている者、鋸《のこ》を使っている者、手斧《ておの》を振り上げている者。皆、諸肌《もろはだ》や片肌脱ぎでだ。

兄弟子の時蔵が曲尺を使っていた。が、親方の姿は見えない。

「あっ、多吉兄貴」

足場に乗って屋根の部分に釘を打っている平太が、多吉に気づいた。

すぐ平太が足場から下りて来た。

「兄貴。だいじょうぶですかえ」

「ああ。親方は？」

「きょうは、客があるからと、さっき帰りました」

「そうか」

そのとき、

「おい。平太。なまけているんじゃねえ」

と、時蔵の怒声が響いた。

「兄貴。すまねえ」

平太は急いで持ち場に戻った。

時蔵は、多吉のほうを見やろうともしなかった。

矢内栄次郎と清助がやって来たときのことを蘇らせた。

清助の仕業《しわざ》ではないという。誰かに恨みをもたれていないか、ときくのに対して、多吉は、そんな心当たりはないと答えた。

もちろんあっちこっちでの喧嘩沙汰。逆恨みしている者はたくさんいるかもしれない。だが、暴漢のひとりは確かにこう言ったのだ。『「ち」組の男に頼まれたのだ」と。てっきり清助の仕業かと思った。だが、わざわざ清助は家にやって来た。最初は俺のざまを笑いに来たのかと思ったが、どうもそうではないらしい。

まさか、と多吉はふと呟き、目は時蔵に向かった。

お節の婿に時蔵がなる。それが親方の気持ちだとわかっていた。孤児の俺に引き換え、時蔵は同じ大工仲間の息子なのだ。

だが、お節の気持ちは時蔵にはない。そのことは時蔵自身が一番よく知っているのではないか。

多吉の長屋にまでやって来て、お節は親身に看病をしてくれた。そのことをとってもわかるように、お節の思いは多吉に向いている。

時蔵は、そのことに逆恨みをして……。

いや、証拠はない。まだ時蔵だと決まったわけではないのだ。よけいなことを考えるのはやめにしよう。

そう自分に言い聞かせてから、多吉は神田竪大工町の親方の家に向かった。足を引きずっての歩みだから時間がかかった。

家に辿り着き、土間に入ると、いち早く内弟子の見習いが騒ぎ、その声を聞きつけてお節が飛んで来た。

「多吉さん。無理しちゃだめよ」

お節が心配そうに言う。

「なあに。だいじょうぶです。親方おりますか」

「お父っつぁんは今、お客さんが来ていて。ちょっと待っていて」

お節は客間に向かった。

すぐに戻って来て、多吉を親方の部屋に通した。

親方もやって来て、長火鉢の前に座った。

「多吉。なんてぶざまな格好なんだ」

親方は気が立っていた。

「すみません」

多吉は謝った。

「松永町の普請場を見てまいりました。少し遅れているようで、申し訳なく思っております」

「それも、おまえのせいだ」

「はい。返す言葉はありません」

「そんな大事な仕事があるのに、どうしてそんな喧嘩なんかしやがるんだ。おめえの心根が情けねえ」

「へえ」

「酒と喧嘩。おめえのは度が過ぎている」

言い訳する言葉もなかったが、

「いきなり暴漢に襲われ、どうすることも出来ませんでした」

と、事実だけを伝えた。

「暴漢だと。何を吐《ぬ》かしやがる。浅草の鳶と喧嘩したって言うじゃねえか。あの夜もたまたま出くわして殴り合いになったんだろう」

「親方。そいつは違います」

多吉は話が食い違っていることに驚いた。

「そうじゃないんです」

「よさねえか。多吉。てめえを子どもの頃から拾い上げ、みっちり仕込んで来た。それなのに、酒と喧嘩三昧《ざんまい》だ。今度のことじゃ、俺も匙《さじ》を投げた」

「親方」

「いいか。よく聞け。おめえとは縁を切る。棟上げが終わり、これからっていうときに喧嘩なんかしやがって。そういういいかげんな野郎には、仕事を任せられねえんだ」

「聞いてください、親方」

「黙れ。さっさと失《う》せやがれ」

お節が飛び込んで来て、

「お父っつぁん。堪忍《かんにん》してやって」

と、割って入った。

「おめえは引っ込んでいろ」

親方は顔を紅潮させて、

「こいつは性根が腐っているんだ。傷が治ってから引導を渡そうと思ったが、ちょうどいい折りだ。多吉。てめえとはこれきりだ。もうここには顔を出すな」

「親方」

多吉は叫んだ。

「誰か。こいつをつまみ出せ」

「親方」

多吉は呻いた。

多吉は足を引きずりながら、失意に打ちのめされ外を歩いていた。秋冷が身にしむ。

時蔵のことをよほど親方に訴えようかと思ったが、証拠はない。俺の負けだ、と多吉は悔しかった。

どこをどう歩いたのかまったくわからない。が、無意識のうちにどこかを目指しているはずなのだが、そこが自分でもどこかわからない。

橋を越えた気もするが、どの橋かわからない。賑やかな道を通り、自身番や火の見櫓《やぐら》も目に入ったはずだが、記憶にない。

一膳飯屋があったので、そこの暖簾を潜り、倒れ込むように樽椅子に座り込んだ。

「酒をくれ」

呑まずにいられなかった。

徳利から丼に注いだ。傷口に障ると思って一瞬ためらったが、えいっといっきに空《あ》けた。空になった丼にもう一度注ぐ。

口からこぼれた酒が着物を濡らすのも構わず呑み続ける。亭主が呆れたように見ているのがわかった。

「誰が好き好んで喧嘩なんかするものか」

多吉は吐き捨てた。

外に出て歩き出したが痛みは感じない。酔いが痛みを麻痺させていた。

こうなると、お祭好きの多吉もいいざまだぜ、と自嘲気味に呟く。途中、気持ち悪くなって道端に寄って吐いた。

再び、歩き出す。ここがどこだかわからない。酔いが覚めるにつれ、傷口が痛み出した。いや、痛みは傷口だけではない。体の内部から激しく発している。

多吉は石に蹴躓《つまず》いて倒れた。起き上がろうとしたが、なかなか起き上がれない。

「ちくしょう。酒なんて呑みてえわけじゃねえ。喧嘩だってしたくねえ」

無意識のうちに言葉を吐き出していたが、同じ言葉の繰り返しだった。

やっと起き上がってまた倒れた。そのとき、誰かが近づいて来た。

五

緑の濃い柳が散りはじめている。やがて散り果てる、その枝垂《しだ》れ柳の前に、栄次郎は立った。

静かに、腰を落とす。居合腰になって、鯉口を切る。気合もろとも刀を鞘走らせる。切っ先が垂れた小枝の寸前で測ったように止まる。さらに、右足を踏み込んで袈裟懸《けさが》けに刀を振り下ろすや、すぐに左手を柄から離して腰に持って行き、右手一本で刀を頭上で大きくまわしてから鞘に納めた。

再び、居合腰から抜刀する。空気が裂《さ》け、風が唸《うな》る。

おそらく、このときの栄次郎は、三味線を弾いているときとはまったくの別人に思われるだろう。

素振りを終えて、着替え終えたとき、母に呼ばれた。一瞬、いやな予感がした。が、見合いの話なら兄のいるときにしそうなものだ。とうに兄は出仕していた。

「なんでございましょうか」

栄次郎は母の部屋に入って畏《かしこ》まった。

「じつは栄之進に後添いの話が参りました」

「そうですか。それはよかった」

栄次郎は素直に喜んだ。

兄栄之進の妻女、すなわち栄次郎にとっての義姉は、嫁いできて二年ばかり後に流《は》行《や》り病で命を落とした。

兄の落胆は大きかった。なかなか後添いをもらおうとしないのは、亡くなった義姉のことが忘れられないからだと思っている。

「兄上は承知なさったのですか」

「いいえ」

「そうですか。まだ、気持ちの整理がついていないのでしょうか」

栄次郎はため息混じりに呟いた。

「相手の方は、厄介者がひとりいることを、承知で来てくださるそうです」

厄介者とは、部屋住の栄次郎のことだ。

「どこの御方なのでしょうか」

「それはまだ言えませぬ。栄之進がその気にならぬのなら、相手に失礼に当たりますから」

「はあ」

「栄次郎」

「はい」

「そなたから栄之進に勧めてくだされ」

「さあ、どうでしょうか。私の言うことを聞き入れる兄上ではないと思われますが」

栄次郎は尻込みをした。

常なら栄次郎の養子先、婿入り先の話になり、母から頼まれて、栄次郎の説得役に兄がまわるのだが、兄は栄次郎の気持ちを汲んでくれて、形だけの説得に終わっている。

「まあ、話すだけは話しおきまする」

栄次郎は話を切り上げたくて、そう言った。

「栄次郎」

「まだ、何か」

腰を浮かしかけたとき、母がまた呼びかけた。

「じつは、またあの御方があなたと盃をかわしたいそうです」

「そうですか。私のほうはいつでも。父上がご恩を受けた御方と、お酒を共にするのは楽しゅうございますから」

「そうですか。では、そのように申し上げておきましょう。さりながら、どんなお話をするのでしょう」

母は真顔になった。

「いろいろです」

三味線を弾いて、いっしょに端唄を唄ったなどとはとても言えない。

そろそろ母との話を切り上げたいので、

「母上、あの御方のことですが」

と栄次郎が切り出すや、母はひょいと立ち上がり、

「もう、下がっても構いません」

栄次郎が次の声を発する前に、母は仏間に入って行った。

案の定、あの御方のことに話が及ぶと、母の態度が急に変わる。あの御方のことで問い質されたくない何かがあるのだ。

栄次郎は母の部屋を出てから自分の部屋に戻り、刀を持って玄関に向かった。

九月に入り、着物も単衣《ひとえ》から、裏地の付いている袷《あわせ》に替わっている。白地の小紋の着流しに二本差しで、栄次郎は本郷の組屋敷を出て、いつものように加賀藩のお屋敷の脇を通って湯島切通しから広小路を抜けて、まっすぐ浅草に向かい、隅田川沿いにある黒船町へと急いでやって来た。

黒板塀のお秋の家に入ると、迎えに出たお秋が、

「ゆうべのひと、さっき気づかれましたよ」

と、教えた。

「そうですか」

栄次郎は梯子段を上がって、昼間、間借りをしている小部屋に入った。

障子を開けると、多吉が窓の手摺に寄り掛かって、外を眺めていた。隅田川に船が

浮かんでいた。御厩《おうまや》の渡しから出た船が、対岸に近づいていた。

多吉は窓から離れ、居住まいを正した。

「すっかりお世話になってしまったようで」

最初に会ったときの威勢はなかった。

「驚きましたよ。近くで行き倒れがあったと知らせがあり、足と手に包帯を巻いた男だと聞いて、飛んで行けば多吉さんでしたからね」

栄次郎は続けてきいた。

「この付近に、知り合いはいるのですか」

「いえ」

多吉は否定してから、

「ひと晩休ませていただいて、すっかり元気も回復しました」

しかし、多吉の青白い顔はまだ苦しそうだった。

「すぐお暇《いとま》をしようと思いましたが、ひと言、栄次郎さんにお礼をと思いまして」

「待っていてくださったのですか」

「はい」

「多吉さん」

栄次郎は静かに切り出した。

「何かあったのではありませんか」

「いえ、なんにも。これはあたしのことですから」

多吉が頑固そうに唇を噛みしめた。

多吉がこの家の近くまで来ていたのは、偶然とは思えない。自分を頼ってここにやって来たのではないかと、栄次郎は思った。

「きょうもう一日、ここで休んでいてください。いいですね」

「でも」

「ぜひ、そうしてください」

「すみません」

栄次郎は多吉を置いて、元鳥越まで稽古に出かけた。

三味線の稽古をつけてもらっている間も、多吉のことが気になってならなかった。

ほんとうにお節介な性分だと、自分でも呆れることがある。だが、やはり、多吉の苦悩に満ちた姿を見ると、何とかしてあげたくなるのだ。

きっと亡き父も、私と同じことをするだろう。

稽古を終えてから、お秋の家に急いで戻ると、

「あのひと、出て行ってしまったわ」

と、お秋が肩をすぼめた。

「ちょっと出かけて来ます」

栄次郎は厳しい顔で言った。

「あら、また？」

栄次郎はお秋の声を背中に聞いて、家を飛び出した。

途中、神田松永町を通った。多吉が働いていた普請場の前に差しかかった。

叱咤激励をしている三十前後の男が時蔵という多吉の兄弟子だろうか。立ち働く職人の中に、見覚えの大工がいた。平太だ。

平太が栄次郎に気づいて会釈をした。

「おう、平太。手を抜くんじゃねえ」

差配の男が怒鳴った。

平太はあわてて材木を取りに行った。

平太は単に会釈をしただけなのだろうか。それとも、何かを言いたかったのだろうか。多吉のことがあるので気になったが、もう平太は近づいて来なかった。

そこから栄次郎は神田川を越え、神田三島町の多吉の家に向かった。

長屋の露地木戸を入って、奥に行った。

多吉の家の前に立つと、すぐに中からひとの気配がした。

栄次郎が開ける前に、腰高障子が開いた。

「あっ」

「お節さん」

大工の親方の娘のお節だ。

その顔が曇っているのを見て、

「多吉さんがどうかしましたか」

と、栄次郎はきいた。

「ゆうべから帰っていないんです」

「ずっと待っていたのですか」

「はい」

栄次郎はゆうべは黒船町の家に泊まったことを伝え、とうにそこを出たことを話した。

「いったい、何があったのですか」

栄次郎の問いかけに、お節は沈んだ声で話した。

「お父っつぁんが、多吉さんに縁を切ると……」

さっき平太が何か言いたそうだったのも、そのことだったのかもしれない。

「多吉さんの行き先に心当たりはありませんか」

お節は悲しそうに首を横に振った。

六

多吉は神田明神下から湯島天神門前町までやって来た。

茶店や料亭の他に陰間《かげま》茶屋もあり、淫猥な雰囲気が漂っている。多吉はそういう場所ではなく、水茶屋や楊弓場を覗いた。神田祭でいつも先頭に立つ多吉は顔を知られている。

「多吉さん、きょうは遊んでいかないの？」

矢場女が声をかける。

「またにしてくれ。それより、左の二の腕に彫物のある男を知らねえか」

多吉は男の特徴を話したが、矢場の女は首を傾げた。

次の店でも同じことをきいた。矢場女や水茶屋の女たちに、多吉は左二の腕の彫物の男について訊ねまわっていたのだ。

天神下同朋町には芸者が多く住んでいる。お座敷に通う芸者の姿がちらほら見えた。

多吉は下谷御数寄屋町《おすきや》の盛り場から池之端仲町に足を伸ばした。

地回りの男たちを探しているのだ。多吉に襲いかかった連中は、喧嘩馴れしていた。何者かに金で雇われた連中だ。

その者を、多吉は時蔵ではないかと疑っている。だが、証拠はない。だから、やつらを捕まえて誰が雇い主なのか、口を割らせるのだと、多吉は目をぎらつかせながら盛り場を歩いた。

さすがに歩き疲れて居酒屋に入った。ここでも、誰彼構わず訊ねた。

知っている人間がいればよし、いなくてもいいのだ。この噂が襲った連中の耳に入れば、向こうから接触してくる。そういう計算があった。

ゆうべ、黒船町に向かったのは、無意識のうちに栄次郎という侍に頼ろうとしていたのかもしれない。

だが、これは俺の問題なのだと思いなおした。身内の恥を晒すことになるかもしれないことに躊躇し、栄次郎に何も言わずに別れてきたのだ。

時蔵は穏やかな人柄で、人望のある兄弟子だ。いや、そう思ってきた。だから、今回のことは、にわかに信じられない。親方も気にいっており、だからお節の婿にと考えたのだろう。

お節にしても時蔵に嫁いだほうが幸せだ。多吉はそう思って来た。

だが、肝心のお節の気持ちは時蔵にはなかった。そのことを、多吉は十分にわかっていた。だが、多吉にはどうしようもなかった。

親方には捨て子の自分を拾ってもらった恩誼《おんぎ》がある。親方の気持ちが時蔵にあるのなら、たとえお節の気持ちをわかっていても、自分は身を引かなければならないのだ。

だが、もし時蔵がこんな汚い手を使うなら許してはおけない。そう思いながら、多吉は苦い酒を喉に流し込んだ。

きょうは多吉は酒をがぶ呑みするのを差し控えていた。いつ奴らに遭遇するかもしれないのだ。

まだ右足や左手の自由は、思うようにきかない。だが、刺すような痛みがあるものの、我慢出来ない痛さではなかった。

ふと目の前が翳《かげ》った。今、暖簾をかき分けて入って来た着流しの遊び人ふうの男が、多吉の前に立ったのだ。

「二の腕に彫物のある男を探しているんだってな」

男が顔に凄味を見せて言った。

「知っているのか」

「知っているぜ。よかったら案内するぜ」

あの夜の記憶が蘇る。こいつもあのときの仲間だと思った。

「案内してもらおう」

多吉は勘定を置いて、男のあとについて店を出た。

晩秋の昼間は短い。もう辺りは暗くなっていた。男が胸に匕首を呑んでいるのがわかった。多吉も懐に鑿《のみ》を手拭いで巻いて入れていた。昼間、いったん家に戻って、道具箱から持って来たのだ。

長屋の木戸を出ようとしたとき、お節がやって来るのに気づいてさっと身を隠した。俺のことを案じて様子を見に来てくれたのだ。だが、多吉はお節をやり過ごしてから木戸を飛び出したのだ。

男が連れて行ったのは、不忍池の外れだ。五重の塔の黒い影がかなたにそびえている。池の周囲に立ち並ぶ料理屋や出合茶屋の明かりが灯っている。

池の真ん中に弁天堂が見える。ここまで来ると、人気《ひとけ》もなく静かだった。

「どこまで連れて行くつもりだ」

多吉は前を行く男の背中に声をかけた。

「もうそこだ」

その声と共に、前方に数人の黒い影が現れた。

その中のひとりが前に出て来た。

「俺を探しているそうだな、多吉さん」

男はそう言い、左の袖をまくった。二の腕に彫物があった。

この前は手拭いで頬被りをしていたので顔はわからなかったが、こうして改めて見てみると、頬に刀傷があり、危険そうな目つきをした男だった。

「やっと出て来てくれたのかえ。助かったぜ。おまえさんにききたいことがあってな」

「ほう。なんだえ」

「誰に頼まれて俺を襲ったんだ」

「何の話だか、さっぱりわからねえな」

薄気味悪い笑い声が、背後の男たちから漏れた。

「しらっぱくれても無駄だ。どんなことがあっても雇い主の名は出さねえというほどの男気があるわけじゃあるまい。どうせ、金で簡単に動くようないやしい心根しかないのだろうからな」

「面白えことを言ってくれるじゃねえか」

背後の男たちもゆっくり近づいて来た。誰も獰猛《どうもう》な顔だ。いつの間にか多吉を取り囲んでいた。

「そんなに知りたいなら教えてやろう。町火消『ち』組の男だ」

「俺がききたいのはそんな偽りじゃねえ。ほんとうのことだ」

「嘘だってえのか」

「そうだ。じゃあ、『ち』組の何って名の男だ」

「名前なんざ興味ねえから聞いちゃいねえよ」

「やっぱりな」

「何が、やっぱりだ？」

「やっぱり答えられないってことだ。いいか。おまえの言う男はな、卑怯な真似をするような男じゃねえんだ。祭の好きな男に悪い人間はいねえ。俺はそう思っているんだ」

三社祭の悪口に対して、清助は本気になって怒ってきた。そういう純粋な男が金でごろつきを雇うなんて真似はしないと、今では多吉は思っている。

「男らしく喋ったらどうだ」

　くっくっと、男が不気味に笑った。

「まあ、そんなことはどうでもいい。おめえが俺を探し回っているのは目障りなんだ。今度は容赦しねえぜ。もう二度と大工を出来なくしてやる」

　男が懐から匕首を抜いた。

「こっちだってこの前のようなわけにはいかねえ。心してかかってきやがれ」

　多吉は鑿を取り出し、腰を落として構えた。

　彫物の男が様子を探るように匕首をひょいと突き出した。軽く扱っているようでいて、刃先の動きは素早い。

　匕首を使い慣れている連中だ。

　背後から別の男が匕首を突いてきた。多吉は身をねじってかわしたが、今のも本気の突きではないようだった。

　ちくしょう。足が自由に動けば、と多吉は歯噛みした。

　ここで殺されるか、二度と仕事の出来ない体にされるかもしれないという恐怖に襲われた。だが、死ぬことは怖くない。ただ、このままお節を時蔵にやるわけにはいかない。親方に時蔵の正体をわかってもらいたい。そのことが心残りだった。

「誰が黒幕なんだ。誰が糸を引いていたのか、言え」

多吉が相手の匕首の攻撃を避けながら怒鳴った。

「そんなに聞きてえのか。いいか、聞かなければ右腕の一本と、足を使い物にならねえようにするだけで勘弁してやろうと思ったが、そいつを聞いたからには生かしちゃおけねえんだ。それでもいいのかえ」

二の腕の彫物の男は、にやつきながら迫った。

「言いやがれ」

「そうかえ。おめえが死を望むなら教えてやろうじゃねえか」

もったいぶるように、男は匕首の刃を自分の舌で舐め、

「おめえの兄弟子の時蔵よ」

と、はっきりと口にした。

「間違いないのか」

「嘘をついてもはじまらねえさ」

そうだろうと推量してみたものの、いざ相手の口から時蔵の名が出てみると、多吉の衝撃は計り知れなかった。

時蔵は実の弟のように多吉を可愛がってくれたのだ。まだ見習いのとき、朝早く起

きて水を汲み、掃除をし、夜は遅くまで道具を研《と》いだりした。

「時蔵とは古い付き合いなのか」

　多吉は訊ねた。

「まあな。よく楊弓場でいっしょになったぜ。俺の女が時蔵の女と仲良しでな」

「時蔵に女がいるのか」

「ああ。矢場の女よ。もう長い付き合いのな」

「そいつはほんとうのことなのか」

「こんなところで嘘を言ってもどうしようもねえだろう。時蔵は親方の娘といっしょになるそうじゃねえか。可哀相に、その女、捨てられちまうことになるんだ」

　男は口許に冷たい笑みを浮かべ、

「じゃあ、約束通り、命はもらったぜ。おい、やっちまえ」

　さっきよりはるかに強い殺気が押し寄せた。多吉は背筋に冷たいものを感じた。

　と、そのとき、誰かが走って来るのを見た。

七

池の辺の雑木林の中に、数人の影が蠢《うごめ》いていた。栄次郎はそこにまっしぐらに向かった。

匕首を構えていた連中が、いっせいにこちらを振り向いた。

「どうにか間に合ったようだ」

栄次郎は息を弾ませて言った。

「誰でえ。邪魔するねえ」

彫物の男が栄次郎の前に立ちふさがった。

「ひとりに大勢は卑怯というもの」

「なにを。しゃらくせえ、こいつからやってしまえ」

言うや否《いな》や、背後から匕首で斬りかかって来たのを右足を横にずらし、体をひねって避け、すぐさま男の手首を摑み、ぐいと引き寄せて相手の脾腹に足蹴りを入れた。

男が呻き声を発し、腹を抑《おさ》えて苦しむ。

「この野郎」

横から飛び掛かってきた男の手首に、手刀を振り落とす。さらに、右横の男の懐に飛び込み、襟を摑んで投げ飛ばした。

彫物の男が腰を十分に落とし、左手を前にし、匕首を持つ右手を腰の脇に構えて間合いを詰めて来た。

十分に間合いを詰めたとき、男が飛翔した。体の大きさに似ず身の軽い男だった。栄次郎が刀を抜かないと見切っての仕掛けだ。栄次郎は横に大きく飛んで攻撃をかわすや、相手が着地した瞬間を狙って踏み込んだ。

相手の手首を摑んで匕首をもぎとり、右膝蹴りで相手をうずくまらせた。

その間にも、多吉が残った男どもを片づけていた。

地べたに這いつくばって、男たちが呻いている。

栄次郎は刀を抜き、彫物の男の前に立ち、

「仕返しをしようと思うな。もし、今度襲い掛かってきたら、これが容赦せぬ」

刀の刃を男の喉元に当てて、栄次郎は鋭く言った。

「わかった」

男は消え入りそうな声を出した。

「多吉さん。このひとたちに何かきくことはありませんか」

「いえ。糸を引いた奴の名は聞かせてもらいました」

「そうですか。では、引き上げましょうか」

栄次郎は刀を鞘に納めて歩き出した。

と、背後から殺気。

栄次郎は多吉を横に突き飛ばすや、振り返りながら鯉口を切り、抜刀した。襲って来た彫物の男が悲鳴と共に、腰から地べたに落ちた。栄次郎の刀はすでに鞘に納まっていた。

「さっき言ったはずだ」

男は腰を抜かして震えている。

「もう二度とばかな真似はしないことだ。そうでないと、今度はその首が飛ぶことになる」

栄次郎はもう一度、鋭く言い、踵《きびす》を返した。

行きかけたところで、背後から男の悲鳴が聞こえた。髷《まげ》を斬り落としたことに、男ははじめて気づいたようだ。

「どうしてここが？」

しばらく行ったところで、多吉がきいた。

「探し回ったのですよ。多吉さんは顔を知られていますから、見かけたというひとが何人も出て来ました」

「助かりました。もし、栄次郎さんが来てくれなかったら、あたしは殺されていたでしょう」

ほどなく、賑やかな場所に出た。

「多吉さんを襲わせた人間がわかったのですね」

「へい」

「これからどうするのですか」

「わかりません。どうしたらいいのか」

「どうしてですか。まず、親方に、起こったことを正しく話すことではありませんか」

「親方が、あたしの言葉を信用してくれるかどうか。親方の夢を壊すことになりますし……」

「時蔵さんのことですね」

「どうして、それを？」

多吉が立ち止まった。

「お節さんから聞きました」

「そうですかえ」

「多吉さんは、大きな勘違いをしていると思います」

「勘違いですって」

「そうです。お節さんの気持ちを考えないことですよ。知っていながらお節さんの気持ちを無視しようとしています」

「栄次郎さん。孤児のあたしを引き取って育ててくれたのは、親方なんです。時蔵兄貴も弟のように可愛がってくれた。時蔵兄貴がお節さんと所帯を持って、親方の跡を継ぐのが一番だと思っていたんだ」

「だから、多吉さんはわざと酒を呑んでは喧嘩を繰り返していたんですね。お節さんに嫌われようと」

何か言いかけたが、多吉の口から言葉は出なかった。

「でも、多吉さんがわざとそうしているのだということは、お節さんは見抜いているんですよ」

「えっ」

「あなたの妙な遠慮の果てが今度のことです。お節さんの婿どころか、大工の職も失ってしまうかもしれない羽目に陥《おちい》ってしまったのですよ。へんな気遣いは、かえって周囲にも迷惑をかけてしまうのです。このまま、時蔵さんと所帯を持って、お節さんは幸せになれると思いますか」

うっと苦しそうに多吉は呻いた。

翌日、長唄の稽古を終え、元鳥越の杵屋吉右衛門の家から浅草黒船町のお秋の家に行った。

お秋が出て来て、客が待っているという。

印半纏を着た白髪の目立つ男は、大工の藤兵衛だと名乗り、

「お節から矢内さまのことをお伺いし、やって参りました」

と、丁寧に挨拶をした。

八

その日の夕方、多吉は親方が普請場から戻ってくる頃を見計らって、竪大工町に行った。すでに帰宅していた親方は長火鉢の前で休んでいた。

お節のとりなしで、多吉が親方の前に畏まった。だが、親方は長煙管《ながぎせる》をくわえ、難しい顔でそっぽを向いていた。

「勘気を被《こうむ》ったのに、こうしてのこのこ顔を出して、申し訳なく思っております。ですが、ひとことお話したくて参りました」

多吉は切り出した。が、親方は多吉の顔を見ようともしない。

「こんなざまになったのは、あっしがばかだったからで、どんな言い訳もいたしません。ただ、これだけはお聞き入れくださいよ」

やはり、時蔵があることないことを吹聴《ふいちよう》しているのだと、多吉は反応のない親方に内心で失望した。

ここで、時蔵のことを悪しざまに言っても、かえって告げ口としかとられない。だが、お節を時蔵にやるのは思い止《とど》まらせなくてはならない。

「時蔵兄貴のことです。時蔵兄貴は腕はいいし、立派な棟梁になると思います。ですが、お節さんの婿としてふさわしいかどうか」

多吉はいっきに続けた。

「時蔵兄貴には長い間、付き合ってきた女のひとがいるそうです。矢場の女だったそうです。それに、先日、あたしが暴漢に襲われたのも、陰で時蔵兄貴が」

「多吉」

　はじめて、親方が顔を向けた。

「おめえ、時蔵の名を出したが、ひとの名前を出したんだから、ちゃんと証拠があってのことだろうな。俺の前で証拠を見せてみな」

　多吉ははっとした。あの二の腕の彫物の男が白状しただけだ。

「どうしたえ。俺が納得出来る証拠を見せてから、おめえは自分の言い分を言うもんだ」

「親方。証拠はありません」

「なに、ないだと？」

　親方が長煙管を火鉢に叩いた。

「やい。多吉。証拠もなく、ひとを貶《おとし》めようとするのか」

　多吉は二の句も継げなかった。

「おい。なんとか言ったらどうなんだ」

　そこに、誰かが入って来た。

「親方。勘弁してやってください」

　時蔵だった。

「こいつは酒と喧嘩に明け暮れたせいで、心が歪んでしまっているんです。根はいい奴です。だから、簡単に騙されちまったんです」

多吉は呆気《あっけ》に取られた。どこまでも図太い神経に出来ているのか。

「兄貴。地回りの男から聞いたんだ。正直に言ってくれ」

「おめえが何を言っているのか、俺はさっぱりわからねえ」

時蔵にこんな表情があったのか、と思うほどの冷え冷えとしたものだった。多吉はしばらく口がきけなかった。

こんな男のために大事なものを失おうとしていたのか。

多吉は目が覚めた思いだった。

「兄貴。俺に襲い掛かってきた連中が口を割りましたぜ。背後で糸を引いていたのは……」

「うるせえ」

突然、時蔵が怒鳴った。目は吊り上がり、顔を紅潮させている。

「てめえは俺に逆恨みをしているな。あることないこと言いやがって。やい、多吉。孤児のくせしやがって。親方に恩誼を感じているならさっと出て行きやがれ」

時蔵はあくまでもしらを切り通そうとしている。

「てめえのような卑《いや》しい、どこの馬の骨かわからねえ男が、一人前面《づら》しているのは不愉快だ。この大酒呑みの屑野郎」

時蔵は自分のやましさを追及される前に、相手を罵倒してしまおうとするかのように、激しい言葉を浴びせてきた。

「兄貴。そいつは本気で言っているんですかえ」

「俺はな。最初からおめえなどといっしょに、修業するのはいやだったんだ。汚らわしいと思っていた。だが、親方が不憫だと思って目をかけていたから、じっと我慢をしてきたんだ。もう二度と面なんて見たくねえ」

時蔵は薄ら笑いを浮かべ、

「親方。こいつを叩き出しますか」

と、立ち上がった。

まさか、ここまで時蔵の性根が腐っているとは思わなかった。

「時蔵」

「へい」

親方の声に、時蔵が顔を向けた。

「多吉がなんで酒を呑み、喧嘩を繰り返していたか、理由を知っているかえ」

「そりゃ、性分っていうものじゃないんですか」

「違うぜ」

親方が口許を歪めた。

「多吉がいつから酒を呑みはじめたのか、知っているかえ」

「いえ」

「よく考えてみるんだ。一年ほど前だ。一年前に何があったと思うね」

「さあ」

時蔵は小首を傾げた。

「俺はそろそろ隠居を考えている。お節の婿を、弟子の中から決め、その者に俺の跡を継いでもらうと言った直後からだ」

「そうでしたっけ。じゃあ、やっぱり自分には婿は無理だと思い込んで自棄《やけ》っぱちになって……」

時蔵の言葉を遮《さえぎ》るように、

「そう思うか」

と、親方がきいた。

「そうじゃないんで」

「それから、多吉は酒の上で何かしくじりをしたか。仕事を台無しにしたか。喧嘩で、仕事に穴を空《あ》けたことがあったか」

「…………」

時蔵の目に、不審の色が浮かんだ。

「仕事の穴を空けたのは今度がはじめてだ」

親方は何を言うのか、多吉は不思議な気持ちで見ていた。

「多吉はな。俺やお節に嫌われようとして、わざと酒と喧嘩に走ったのよ」

あっ、と多吉は親方の顔を見た。

「なぜだかわかるか、時蔵」

「いえ」

時蔵の表情が強張《こわば》ってきた。

「多吉はな、昔孤児になったのを俺に拾われた。そのことに恩誼を感じているんだ。だから、お節の婿になってはいけないと、自分を戒めていたんだ。お節が自分に好意を寄せていることに気づいていた。だから、あえて嫌われようとしたのだ。それは、お節の婿を時蔵、おめえに譲るためだ」

「そ、そんな」

時蔵が、衝撃を受けたように目をいっぱいに見開いた。

「多吉」

親方がいきなり声をかけてきた。

「そうだな。おまえは俺を騙してきた。違うか」

「親方」

多吉は手をついた。

「時蔵。おまえはそんな多吉の心も知らず、なんてことをしたんだ。多吉を陥《おとしい》れようなんて、どうしてそこまでしなきゃならなかったんだ」

「親方、俺はそんな真似はしちゃいません」

時蔵の顔は、血の気が引いて土気色になっていた。

「みんな大馬鹿者だ。時蔵も多吉も……、俺もだ」

親方は自分を責めるように顔をしかめ、

「おまえたちにこんな思いをさせたのも、俺の不用意な言葉からだ。競争を煽《あお》って鎬《しのぎ》を削《けず》らせようとした俺の浅はかな考えがいけなかったんだ」

親方がいきなり手をついて頭を下げた。

「ふたりとも許してくれ。この通りだ」

「親方、やめてください。親方はどこも悪くねえんですから」

　多吉はあわてて言う。

「多吉。おまえに変な気を遣わせちまった。そればかりじゃねえ。おまえの本心も見抜けねえで、まったく俺って奴は。お節の婿はちゃんとした家の伜と考えていたんだ。そんな自分が恥ずかしい」

「親方」

　時蔵が腹の底から絞り出したような声を出した。

「じゃあ、お節さんとのことは……」

「すまねえ。これはお節の問題だ。お節の気持ちを第一に考えたい。わかってくれ、時蔵。この通りだ」

　親方の下げた頭を見つめる時蔵の目が据わっていた。

「わかりました」

　時蔵はいきなり立ち上がった。

「兄貴」

　声をかけると、時蔵は多吉を見下ろして、

「ひとりにさせてくれ」

と呟き、そのまま部屋を出て行った。

多吉。すまなかった。俺が悪かった。おまえに嫉妬してのことだ。勘弁してくれ。そういう言葉が返ってくるものと期待した。そして、その言葉が返ってきたら、もちろん許すつもりだった。

だが、それきり時蔵は姿を晦《くら》ました。

数日後。薬研堀の料理屋『久もと』の奥座敷で、栄次郎はその御方と酒を酌《く》み交わしていた。といっても、下戸《げこ》の栄次郎は酒を舐めただけだった。

「私にはわからないことがあります」

栄次郎は切り出した。

「なにかな」

「御前と、私の父との関係です。いえ、さらに言えば、私自身のこと」

眉が濃く、鼻梁が高く、気品がある、その御方は少し困ったような表情になって、

「そなたの父とは親しい付き合いをしていた。そなたと語らっていると、亡き父上といっしょにいるような気がしてくる。さあ、そんなことはどうでもよいこと。そろそろ、糸を聞かせてはもらえぬか」

その御方は話を逸らしたような気がしたが、それ以上深く突っ込んではいけないと思った。

「わかりました」

そのとき、ふとどこからか新内の前弾きが聞こえて来た。

「あの音は……」

春蝶ではないか。

加賀の国に行った春蝶のような気がした。だが、幻聴だったように、新内三味線の音は聞こえなくなった。

「御前。新内はいかがでしょうか」

「ほう。そなたは新内もやるのか」

「少し習っただけで、お恥ずかしいのですが、今はとても新内を語ってみたい心境なのです」

「結構だ」

「では、『明烏夢泡雪』のクドキの部分を」

……起請誓紙はみんな仇《あだ》

どうで死なんす覚悟なら
三途の川もコレこのように
ふたり手を取り諸共《もろとも》と
なぜに言うてはくださんせぬ
わたしを殺さぬお前の心
うれしいようでわしゃ厭じゃ

春蝶が近くにいる。そう思いながら、栄次郎はかんのきいた高い声で語っていた。その後、あの御方が栄次郎の三味線で端唄を気持ちよさそうに唄い、いつぞやと同じように、栄次郎は先に引き上げた。
料理屋の門を出たところで、新八が待っていた。

九

神田明神は今は湯島にあるが、昔は神田にあった。祭神は平将門《たいらのまさかど》。
氏子町の数六十四、各町ごとに山車を持ち、その山車に付《つけ》屋台や飾《かざり》屋台などの練り物がつき、勢ぞろいをして江戸市中を練り歩き、さらに城内にまで入って行く。

町筋の家々では、通りに面した部屋に手摺を作り、衝立《ついたて》や屏風《びょうぶ》を立て、そこに客を招いての大宴会がはじまる。

氏子たちは、この日を狂ったように過ごす。年に一度の江戸庶民たちの最大の娯楽だ。

唄、三味線、囃子《はやし》、踊り子たちが、歩きながら、または山車屋台の上で芸を演じる。それは、まさに芸を演じる者たちにとっての桧舞台でもあった。若衆ふたりが呼吸を合わせて打ちまくる大太鼓の屋台。踊屋台の上で踊れるのは踊りの上手な町娘であり、祭で芸を披露出来るのは技量の優れた者たちであった。

あまりに派手に、賑やかになり過ぎて、寛政の改革で禁止されかかったほどだ。

山車は早朝から出発し、神田囃子の響きの中を、鉄棒《かなぼう》を引き、木遣《きや》りを唄いながらの手古舞《てこまい》を先達に、田安《たやす》門から城内に入り、将軍家の上覧に供する。

夜になれば、提灯の明かりが不夜城にする。

栄次郎とおゆうは、湯島の河岸で並んで御輿を見ていた。少し先には、怪我のために祭に参加出来なかった大工の多吉が、お節といっしょに祭を楽しんでいる。

祭は山車が中心だが、多吉は御輿を担ぐのが好きなので、こうして御輿を見ていた。

と、そのときひとの群れが揺れた。喧嘩がはじまったらしい。

火事と喧嘩は江戸の華。祭に喧嘩はつきもの。とくに、天下祭には祭と酒に酔った男たちの大喧嘩が絶えない。時には死人さえ出る始末だ。それもまた興のひとつとしか映らないほど、祭は熱気に包まれている。

今も喧嘩などに見向きもせず、やって来た御輿に、見物人の目は吸い込まれている。

歓声の中、最後の御輿が湯島聖堂脇の坂を上って神田明神に戻って行ったあと、栄次郎はついうっかりして多吉を見失ってしまった。

「おゆうさん。多吉さんの姿が見えない」

栄次郎はあわてて探した。

すると、ふと影が近づいて来て教えた。

「栄次郎さん、こっちです」

新八だった。

多吉から「時蔵が行方を晦ました。なんとか、時蔵を助けてあげたい」という相談があり、栄次郎は新八に時蔵の行方を探ってもらったのだ。

すると、時蔵は情婦の矢場の女のところに転がり込んで、酒びたりの毎日を送っているという。多吉への逆恨みは消えないことを知り、時蔵の心を読んだ。

祭好きの多吉が、今年は御輿を担げない。だが、必ず見物に行く。祭の場で喧嘩に巻き込まれたように装い、多吉に恨みを晴らそうとする。そう考えて、多吉の周辺に目を光らせていたのだ。

新八はお茶の水河岸のほうに向かった。

人混みから離れた暗がりに、男の背中が見えた。時蔵だ。その先に二つの影。多吉とお節に違いない。

時蔵が懐から匕首を抜いたのがわかった。

栄次郎は飛び出した。少し距離があった。

栄次郎より先に時蔵の前に立ちふさがった男がいた。

「誰だ、おまえは？」

時蔵の声が聞こえた。

「俺は『ち』組の清助というものだ。多吉さんの喧嘩相手よ」

「なんだと」

時蔵が匕首を構えた。

「やめなさい、時蔵さん」

栄次郎は時蔵の前にまわり込んだ。

時蔵は呆気にとられたように、栄次郎を見つめた。

「私は多吉さんの知り合いです。そんなことをしたって何にもなりませんよ。たとえ、多吉さんを殺したとしても、あなたもお縄になるだけです」

「うるせえ。おまえたちに俺の気持ちがわかるか」

時蔵は泣きそうな顔で喚《わめ》くような声を出した。

「あなたはいい腕をお持ちだそうじゃないですか。藤兵衛親方も時蔵さんの腕を買っておられました」

「俺はもう駄目なんだ。どうせ駄目なら多吉を道連れにしようと思ったのだ」

「多吉さんが憎ければ、大工の腕で負かしてやればいい。立派な棟梁になって、お節さんを見返してやればいいではありませんか」

匕首を持つ時蔵の手が震えてきた。

「駄目だ。俺はもう棟梁なんかにはなれない。親方に顔向け出来ねえ」

「そんなことはありません。親方は時蔵さんを待っています。親方はこう言っていました。お節さんは多吉に嫁にやる。だが、俺の仕事は時蔵に継がせるとね」

「なんだって」

時蔵は顔面蒼白になっていた。

「多吉さんだって、お節さんだって、時蔵さんを待っていますよ」

時蔵が膝をついた。

足音が近づいて来た。多吉とお節だった。

「兄貴」

多吉が時蔵の前に跪《ひざまず》いた。

「戻って来てくれ。そして、いろいろ教えてくれ。俺はまだまだ時蔵兄貴には敵わねえんだ」

「多吉」

時蔵が絞り出すように声を出した。

「すまなかった。俺が悪かった。おめえに嫉妬してたんだ。勘弁してくれ」

「なにを言うんだ。それに、もう済んだことだ」

栄次郎はその場をそっと離れ、近くで待っていたおゆうと新八の元に戻った。そこに、浅草の『ち』組の清助とその仲間も集まっていた。

「もうだいじょうぶでしょう。皆さん、ありがとう」

栄次郎が礼を言うと、

「栄次郎さんの言うとおりになりましたね」

と、新八が感心したように応じた。

矢場の女のところに入り浸《びた》っている所に乗り込んで、時蔵を説いても心のわだかまりは解けない。

時蔵は必ず多吉を狙うようになる。気持ちがそこまで追い込まれた状態になってから、その寸前を取り押さえて説得すれば、効き目があるだろうと思ったのだ。

もし、それでも時蔵に改悛の情が見られなければそれまでだと思った。

狙いは祭の夜。だから、多吉とお節に時蔵を誘《おび》き出すように、外を歩かせていたのだ。万が一を考えて、清助たちにも手伝ってもらったのだ。

「これで、あいつの喧嘩早さも少しは落ち着くでしょう」

清助が言うと、おゆうが、

「あら、清助さんのほうも喧嘩早さでは負けていないくせに」

「まあ、それを言われると」

清助は頭をかきながら、

「じゃあ、あたしたちはこれで」

と言い、仲間を連れて引き上げて行った。

「今度も新八さんには助けてもらいましたね」

改めて、栄次郎は新八に向いた。

「なあに、たいしたことではありませんよ。じゃあ、あたしもこれで。おふたりの邪魔をしては申し訳ありませんからね」

新八も去って行った。

「明神さまに行ってみましょう」

おゆうが栄次郎に寄り添って言った。

ふと、栄次郎は春蝶のことを思い出した。これから冬を迎える。春蝶は加賀の国で北国の冬を過ごすのだろうか。

それと、もうひとつ、栄次郎が気にかかっていることがある。あの御方のことだ。いったいあの御方と亡き父と、そして自分はどういう関係になるのだろうか。微《かす》かな疑念を持ったが、

「栄次郎さん」

という声に、栄次郎は我に返った。

「何か考え事をしていたのですか」

おゆうが訝《いぶか》しげにきいた。

「多吉さんと、お節さん。それに、時蔵さん。皆、うまくいくといいなと考えていた

のです」

「きっとうまくいくわ。だって、栄次郎さんのお節介病に遇《あ》われたひとたちは、みんな幸せになっているんだもの」

おゆうが明るく言ったとき、神田明神のほうから歓声が聞こえた。

「さあ、早く行きましょう」

神田明神に急ぐふたりに、夜空の丸い月が冴えた光を投げかけていた。

時代小説

二見時代小説文庫

栄次郎江戸暦《えいじろうえどごよみ》　浮世唄三味線侍《うきようたしゃみせんざむらい》

二〇〇六年　九　月二十五日　初版発行
二〇二四年　九　月二十五日　十二版発行

著者　小杉健治《こすぎけんじ》

発行所　株式会社　二見書房
〒一〇一‐八四〇五
東京都千代田区神田三崎町二‐一八‐一一
電話　〇三‐三五一五‐二三一一［営業］
　　　〇三‐三五一五‐二三一三［編集］
振替　〇〇一七〇‐四‐二六三九

印刷　株式会社　堀内印刷所
製本　株式会社　村上製本所

落丁・乱丁本はお取り替えいたします。定価は、カバーに表示してあります。

 ISBN978−4−576−06142−9
https://www.futami.co.jp/historical

小杉健治

栄次郎江戸暦 シリーズ

田宮流抜刀術の達人で三味線の名手、矢内栄次郎が闇を裂く！吉川英治賞作家が贈る人気シリーズ

以下続刊

① 栄次郎江戸暦 浮世唄三味線侍
② 間合い
③ 見切り
④ 残心
⑤ なみだ旅
⑥ 春情の剣
⑦ 神田川斬殺始末
⑧ 明烏《あけがらす》の女
⑨ 火盗改めの辻
⑩ 大川端密会宿
⑪ 秘剣 音無し
⑫ 永代橋哀歌
⑬ 老剣客
⑭ 空蝉《うつせみ》の刻《とき》
⑮ 涙雨の刻《とき》
⑯ 闇仕合（上）
⑰ 闇仕合（下）
⑱ 微笑み返し
⑲ 影なき刺客
⑳ 辻斬りの始末
㉑ 赤い布の盗賊
㉒ 見えない敵
㉓ 致命傷
㉔ 帰って来た刺客
㉕ 口封じ
㉖ 幻の男
㉗ 獄門首
㉘ 殺し屋
㉙ 殺される理由
㉚ 闇夜の烏

二見時代小説文庫